Lucia Leidenfrost

Mir ist die Zunge so schwer

Lucia Leidenfrost

Mir ist die Zunge so schwer

Erzählungen

kremayr scheriau

www.kremayr-scheriau.at

ISBN 978-3-218-01069-6

Schutzumschlaggestaltung: Christine Fischer
Unter Verwendung eines Schriftzugs von shutterstock/iralu und einer Grafik von shutterstock/photosoft
Lektorat: Tanja Raich
Satz und typografische Gestaltung: Ekke Wolf, www.typic.at
Druck und Bindung: Christian Theiss GmbH, St. Stefan i. Lavanttal

Gedruckt mit freundlicher Unterstützung durch das Land Oberösterreich.

Inhalt

*Für meine Großeltern, ihr Vermögen, Geschichten zu erzählen,
ihr Wissen um deren Wichtigkeit*

Erdbeer
-Rhabarber
null sechs

Weißt du, welchen Tag wir haben? Donnerstag, nicht Sonntag. Und welchen Monat? Warum weißt du das nicht? Schau doch raus, da siehst du es, schau doch beim Fenster hinaus. Die Äpfel sind schon verblüht. Mitte Mai haben wir. Weißt du überhaupt, welches Jahr? Fast, aber sechsundsiebzig ist nicht schlecht.

Dieses Jahr hab ich noch keinen Rhabarber geschnitten. Der Rücken tut mir seit ein paar Monaten weh. Seither fällt mir das Bücken schwer. Rhabarber mag ich eigentlich nicht. Aber für die Marmelade brauch ich einen.

Ich kann dich nicht heimbringen, warum verstehst du das denn nicht? Du bleibst jetzt hier, wir essen zuerst etwas und dann gehen wir ins Bett. Das haben wir doch immer so gemacht. Kannst du dich denn gar nicht erinnern? Gestern, vorgestern, die letzten zweiundsechzig Jahre war das so.

Ich hab gar nicht gewusst, dass ich noch Marmelade kochen kann. Jetzt steh ich hier und koche unsere Erdbeeren und den Rhabarber ein.
In den siebziger Jahren haben die Leute aufgehört Marmelade zu machen, im Geschäft war die Marmelade billiger. Da waren die Kinder noch jung.

Hier bist du zu Hause, hörst du mir zu? Deine Mutter wartet vielleicht im Himmel auf dich, aber so gut habt ihr euch ja nie verstanden, dass du jetzt gleich in den Himmel musst. Ihr habt euch doch immer gestritten.

Weißt du das noch? Zuerst wollte deine Mutter nicht, dass du weiter in die Schule gehst, weil sie dich am Hof gebraucht hat. Sie wollte, dass du dumm bleibst. Dann wollte sie nicht, dass du mich heiratest. Dafür war ich ihr nicht gut genug. Weißt du das nimmer?
Aber Schluss jetzt, das Kapitel mit deiner Mutter haben wir schon lang abgeschlossen.

Über dem Bett ist eine Spinnwebe. Mit dem Besen komm ich nicht hin, aber ich werd mich aufs Bett stellen, dann erwisch ich das Spinnennetz schon.
In der Marmelade schwimmt eine Fliege. Natürlich *schwimmt* die Fliege nicht mehr. Fliegen fliegen und Fische schwimmen und Schnecken fressen und Spinnen weben und ich, ich steh hier in der Küche und würd dir am liebsten beim Essen zuschauen, oder dir zuhören, wie du mir von dem neu gekauften Traktor oder von den Lausbuben aus der Nachbarschaft erzählst. Ich würd mich am liebsten mit dir aufs Bett legen und deine Haut streicheln, die noch nicht so faltig wäre wie jetzt. Ich würd dich gern spüren, wie früher.
Die ist nie geschwommen, die Fliege in der Marmelade, natürlich nicht. Die fliegen, diese Fliegen, die schwimmen doch nicht!

Riechst du das? Das ist die Marmelade. Das riecht gut und wenn du willst, dann kannst du umrühren, damit sie nicht anbrennt. Da, nimm den Kochlöffel, so, und jetzt rühr ein bisschen. Pass auf, dass es nicht spritzt!
Rühr du nur weiter, ich wärm das Essen auf. Riechst du das? Das sind Fleischlaberl mit Kartoffelbrei, davon

haben wir schon zu Mittag gegessen, aber die bringen immer so viel. Riecht das gut! Ich mach uns noch eine Nudelsuppe, dann haben wir sicher genug. Heute hat mir die Sara ein Buch gegeben. Es ist ein Ratgeber für Angehörige. Da steht, dass ich mich auf deine Welt einlassen soll.

Vor dem Essen will ich noch die Spinnwebe wegmachen. Das kostet einige Überwindung, auf das Bett zu steigen und die Spinnwebe mit dem Besen wegzumachen. Vielleicht fällt mir noch was Besseres ein. Bettensteigen kann auch schiefgehen. Hier schlafen wir schon seit zweiundsechzig Jahren. Das geb ich nicht mehr auf, dass wir hier zu zweit schlafen.

Ich könnt auch die Frau fragen, die morgen das Essen bringt, ob sie mir hilft, wenn es eine von den netten ist. Die Sara ist auch eine nette, aber die hat Angst vor allem, was kriecht.

Jetzt iss was! Essen muss der Mensch, sonst fällt er vom Fleisch, und Hunger hab ich genug in meinem Leben gesehen, als dass ich dich jetzt verhungern lasse. Ich sag's dir, ich werd dich sonst mit Gewalt zum Essen bringen!

Versteh das doch. Zu Hause wohnen jetzt die Kinder von deinem Bruder und die haben genug zu tun. Die haben den Hof doch längst aufgegeben und arbeiten jetzt in Büros, eine ist Krankenschwester, wenn mich nicht alles täuscht. Sie kommen nie rechtzeitig heim, um die Hennen einzusperren, bevor es dunkel wird, hat mir dein Bruder letztes Mal erzählt. Wir haben uns am Friedhof getroffen. Weißt du das noch? Deshalb haben sie nicht einmal mehr Hennen. Er sitzt jetzt im

Rollstuhl. Daran kannst du dich sicher noch erinnern? Und er hat eine Polin, die ist Tag und Nacht bei ihm. Wir sollten uns so etwas auch überlegen, wenn das mit dem Bücken bei mir so bleibt.
Bei dir zu Hause hat jedenfalls keiner Zeit, dir auch noch zu erklären, dass du alt bist und deine Mutter seit dreißig Jahren tot ist. Jetzt iss!

Schau her, wenn du das isst, dann bring ich dich heim, ja? Wenn du den Teller da leer isst, brechen wir auf, dann gehen wir zuerst noch ein bisschen spazieren und dann, dann gehen wir zu dir, ja?

Im Garten frisst der Schneck die Erdbeeren und den Salat. Ich steh am Fenster, wenn er das tut, was er immer tut, und denk an die siebziger Jahre. Da hat's noch keinen spanischen Wegschneck bei uns gegeben. Wenn ich mit jungen Leuten red, mit der Sara zum Beispiel, dann sagen die Schnecke, wo wir immer der Schneck sagen. Ich hab auch mal gehört, dass der Schneck ein Zwitter sein soll. Da passt es ganz gut, dass ich von dem Schneck sprech und die Jungen von der Schnecke, das freut mich immer.

In der Speis stehen Gläser. Darauf steht: Brombeere neunzig oder Ribisel achtundneunzig. Ich hab letztes Jahr Erdbeer-Rhabarber null sechs drauf geschrieben. Dieses Jahr schreib ich: Erdbeer-Rhabarber fünfundsiebzig und nächstes Jahr vierundsiebzig. Aber bis dahin kann noch viel passieren.
Auch wenn ich den Rhabarber nicht mag, ich hab beschlossen, nichts mehr verkommen zu lassen. Früher

oder später werden die Nichten das Haus erben oder der Neffe. Auch wenn sie sich nicht um uns scheren, sie sollen trotzdem eine volle Speis vorfinden.

Du kennst mich doch! Da, nimm noch einen Bissen. Warum erkennst du mich denn nicht? Ach so, das hat dir also deine Mutter gesagt, dass man nicht mit fremden Menschen mitgeht. Aber jetzt bist du eh schon hier. Deine Mutter hat dir sicher auch gesagt, dass es verschiedene fremde Menschen gibt. Dass es gute Menschen sind, die dir Suppe geben. Dort kannst du bleiben.
Iss noch einen Löffel von der Suppe. Deine Mutter, die kennt mich, die macht sich keine Sorgen. Du brauchst ihr nur zu sagen, du warst bei mir, dann schimpft sie dich nicht. Da wird sie sogar froh drüber sein, dass du schon was gegessen hast, wo ihr doch so viele seid.

Ich weiß jetzt nicht, was ich mit der Fliege machen soll. Wenn ich sie drin lasse, findet sie später vielleicht einer und schüttet die ganze Marmelade weg. Wenn ich sie raushol, tut sie mir leid, weil sie so wenigstens noch schwimmt. Eigentlich ist die Marmelade für die Fliege ein schönes Grab.

Jaja, später, später darfst du nach Hause, aber zuerst gehen wir noch im Garten spazieren. Lass die Hausschuhe an, ich kann mich nicht bücken. Wir gehen heute einfach so hinaus.

Beim Umrühren hab ich die Fliege jetzt verloren. Ich hätte sie begraben und auf den Grabstein geschrieben:

In Süße ertrunken. Was soll's, jetzt bleibt sie dort, wo sie ist. Und auf unsern Grabstein schreiben wir: Der spanische Wegschneck stirbt aus.

Lass doch die Schuhe an, sonst müssen wir sie morgen wieder anziehen. Das Bücken fällt uns beiden doch so schwer und heute haben wir uns schon genug gebückt beim Erdbeerpflücken. Wein nicht mehr um die verbrannte Marmelade! Rhabarber magst du doch gar nicht.

Gefangen spielen

Mit unseren Kindern haben wir viele Ausflüge gemacht, als sie noch bei uns gewohnt haben. Im Zug haben wir Häuserfangen gespielt mit ihnen. Aber erst nach dem Krieg.
Ich hab als Apotheker zum Glück nicht in den Krieg müssen. Es sind so viele im Krieg gestorben, an der Front und auch zu Hause. Der Edi Holzapfel zum Beispiel ist im Gebäude der Freiwilligen Feuerwehr verblutet. Der war eingesperrt und erst wie er zu stinken angefangen hat, ist aufgesperrt worden. Davor wär dem schon noch zu helfen gewesen. Der war ja nur angeschossen.

Aber eigentlich wollte ich von meinen Kindern erzählen.
Das Häuserfangen haben wir für sie erfunden. Unseren Kindern konnten wir nicht von den Radiomannderln erzählen, die die anderen Kinder alle kannten. Im Radio, hat's geheißen, sitzen Mannderl drin, sprechen die Nachrichten und machen Musik. Das hab ich mir sogar als Erwachsener so vorgestellt: Wie sie mitsamt ihren kleinen Instrumenten, auf denen sie grad den Walzer gespielt haben, geduldig herumsitzen, während die Nachrichten von den unbegabteren Radiomannderln gesprochen werden. Das hätt ich meinen Söhnen auch gern erzählt. Aber sie konnten die Mannderl nicht hören.
Stattdessen haben wir eben Häuserfangen gespielt. Das ging so: Wenn wir mit dem Zug nach Linz gefahren sind, hab ich meine Hände vors Fenster gehalten und meinen Kopf ganz nah ans Fenster. Ich hab mit der Hand nach den Häusern geschnappt und sie in meiner Faust gefangen.

Der Edi Holzapfel hat sich versteckt, der wollte nicht einrücken. Der war kein Kommunist, ein Arier wie wir alle im Ort, der wollte einfach nicht an die Front. Der ist als Landstreicher durch die Ortschaften gezogen. Hat die Bauern gefragt, ob er bei ihnen arbeiten kann, ist ein paar Tage geblieben und war dann wieder weg, ohne jemandem zu sagen, wo er als nächstes hingeht. Wenn ich einen Tipp bekommen hab, dann war er dort nicht mehr vorzufinden. Der hat genau gewusst, bei wem er gar nicht erst fragen braucht. Je länger der Krieg gedauert hat, desto vorsichtiger ist er geworden. So hat er sich gut zwei Jahre vor der Front gedrückt. Wir haben ihn immer wieder gesucht und nicht gefunden. Dabei ist er immer in der Nähe gewesen. Wahrscheinlich hat er sogar seine Schwester besucht, die ein krankes Kind hatte.

Am Anfang haben wir nicht gewusst, was nicht richtig ist mit unseren Söhnen, aber später haben wir's verstanden. Zwei Kinder sind uns gestorben, noch vor dem Krieg. Meine Frau hätt das nicht geschafft, wenn die beiden auch noch weggewesen wär'n. Die hätt selbst nicht mehr leben wollen. So hab ich die zwei halt versteckt. Das war auch gut so. Im Nachhinein.

Weil's Zwillinge waren und man mit denen ja gern Experimente gemacht hat, hab ich zu meiner Frau gesagt, dass wir was machen müssen. Wir haben gesagt, dass uns die zwei auch weggestorben sind und wir keine Kinder mehr haben. Wir haben sie im Stüberl versteckt. Da kommt man bei uns durch die Stube rein. Das ist der einzige Raum, der nur eine Tür hat. Deshalb

haben wir einen Kasten vor die Tür gestellt, haben in die Rückwand eine Tür eingebaut und dann nur Tischdecken, Bettdecken, leichtes Zeug halt, reingelegt. In dem Zimmer dahinter haben unsere Kinder dann gelebt. Fünf Jahre lang. Wenn jemand gefragt hat, was wir mit dem Stüberl gemacht haben, haben wir gesagt, dass man jetzt vom Schlafzimmer dorthin kommt. Meine Frau hat in der Zeit selten bei mir geschlafen.
Die Vorhänge waren sogar am Tag zugezogen, obwohl das Fenster nur in den Hof geht. Vielleicht hat aber doch jemand was mitgekriegt. Der Edi hat's ja gewusst und seine Schwester auch. Da werden's andere auch gewusst haben.
Wir haben gehofft, dass der Krieg endlich vorbei geht und wir die Kinder wieder normal spielen lassen können.
Und nach dem Krieg haben wir ihnen dann die Welt gezeigt, Ausflüge gemacht, jeden Samstag. Überall sind wir hingefahren, mit dem Zug oder dem Bus. Bad Ischl, Salzburg, Ried und sogar nach Mauthausen haben wir uns getraut. Zum Zeitvertreib hab ich meine Hand vors Fenster gehalten. Wenn die Häuser in meiner Hand waren, dann hab ich sie ganz schnell zugemacht und da waren dann die Häuser in meiner Faust. Da drin, hab ich zu meinen Söhnen gesagt, da drin sind jetzt die Häuser.

Zweimal waren wir in Mauthausen. Einmal, als das noch gar keine Gedenkstätte war und einmal, als die Kinder schon größer waren.
Von Wels nach Linz ist es nicht weit und von Linz nach St. Valentin und von dort nach Mauthausen,

alles nicht weit, alles nur ein Katzensprung, und die Häuser schauen dort ganz anders aus. Beim zweiten Mal waren wir dort, damit sie sehen, dass sie überlebt haben, damit sie wissen, warum sie fünf Jahre nur uns gehabt haben.

Wenn wir den Edi schneller gefunden hätten, hätten wir ihn nach Mauthausen geschickt. Da hätten wir das anders gemacht. Ich weiß nicht, was den getrieben hat. Der Edi hat sich nicht aus christlichen Gründen dagegengestellt, oder weil er ein Zeuge oder was anderes war, der hat das einfach aus Überzeugung gemacht, der wollte einfach nicht in den Krieg und damit basta. Dann hat er sich eben verstecken müssen.
Ich hab immer gewusst, dass das mit den Kranken und Behinderten ein Blödsinn vom Hitler war. Aber mit den Juden hat er schon irgendwie recht gehabt und vom Zusammenhalt hat der auch was verstanden, da hat jeder seine Pflicht gehabt. Die Pflicht vom Edi wär gewesen, fürs Vaterland zu kämpfen. Wir sind endlich wieder wer gewesen im Deutschen Reich. Österreich hätt ja gar nicht überleben können, so klein und eingepfercht zwischen dem Deutschen Reich und Italien. Der hat schon sehr gute Ideen gehabt, der Hitler. Und wenn sich wer gedrückt hat, hab ich das genauso wenig mögen wie der Führer.

Der Edi wär wahrscheinlich auch gern eins von den Radiomannderln gewesen, als er sich zwei Jahre lang versteckt hat. Ich hab mir oft gewünscht, dass unsere Kinder so klein werden und leise bleiben wie die Radiomannderl. Ich hab mir manchmal sogar gedacht, dass es besser wäre, wenn ich sie nicht versteckt hätt. Aber dann hab ich an meine Frau gedacht, die das nicht verkraftet hätt und dann hab ich ihnen halt den Mund zugehalten, wenn sie geschrien haben. Auch wenn das jeder immer denkt, nur weil einer taub ist, ist er nicht gleich stumm.

Im Mai vierzig haben wir unsere Söhne pro forma begraben. Zwei kleine leere Särge, sie waren damals eineinhalb Jahre. Meine Frau hat sogar wirklich geweint. Vielleicht weil sie gewusst hat, wie das jetzt wird die nächsten Jahre. Niemanden haben wir mehr zu uns eingeladen, dünner sind wir geworden, wir konnten ja nicht für vier einkaufen, meine Frau hat selten in unserem Bett geschlafen, damit in der Nacht gleich jemand bei ihnen ist.
Als wir das Grab aufgelassen haben und wir unsere Söhne endlich wieder aus dem Versteck geholt haben, da ist die Berger, die Schwester vom Edi, mal zu uns in die Apotheke gekommen. Sie hat mir den Brief hingelegt, den sie vor Kriegsende an die Gestapo geschrieben, aber nicht mehr abgeschickt hat. Da, hat sie gesagt, der ganze Ort hat von deinen Kindern gewusst und vom Edi hat auch jeder gewusst und hätten nicht alle drei –

Die Schwester vom Edi hat oft wegen dem Kind zu uns in die Apotheke müssen. Sie hat nicht gegrüßt, die Medikamente immer ganz genau angeschaut, den Zettel vom Arzt mit den Medikamenten verglichen, sich weder bedankt noch verabschiedet. Sie hat mir einfach den Zettel auf den Tresen gelegt. Ich hab der Berger nach dem Krieg immer doppelt so viele Tabletten zum gleichen Preis in die Schachtel gestopft. Die hat mir leidgetan und das Kind obendrein. Aber bedankt hat sie sich nie dafür. Kein einziges Mal.

Beim ersten Mal, als wir nach Mauthausen gefahren sind, haben Blumen in meinen Händen geblüht. Wir sind mit den Kindern nach Linz gefahren, haben uns Wurstsemmeln gekauft, sind umgestiegen in den Zug nach St. Valentin und dann weiter nach Mauthausen.
Da drin, hab ich gesagt und die Faust meinen Söhnen gezeigt, da drin sind jetzt die Häuser und die Bäume. Meine Söhne haben auf meine Faust geschaut und drauf gewartet, dass ich sie endlich öffne. Ein großes Haus, hab ich gedeutet und viele kleine Bäume, und in dem Haus, da wohnen Menschen drin und sind glücklich und essen und spielen, während wir unsere Wurstsemmeln essen und auch glücklich sind, weil wir alle überlebt haben. Wie ich die Faust geöffnet hab, waren lauter kleine Gänseblümchen in meiner Hand aufgeblüht.

Die ersten Blumen haben schon geblüht, als wir den Edi gefunden haben. Wir haben den Edi Holzapfel gejagt. Eine Treibjagd hab ich's genannt, wie ich sie alle zusammengetrommelt hab. Im März fünfundvierzig hab ich wieder einmal einen Hinweis bekommen, wo er ist. Die Hunde waren scharf abgerichtet und unten am Weißenbach haben wir ihn gestellt. Im Wald hatte er sich einen Unterschlupf gebaut. Gesund hat der auch nicht mehr ausgeschaut.

Er hat mich erkannt und hat gerufen: Alois, denkst nicht an deine Kinder? Da bin ich erschrocken. Dass er das gesagt hat, vor den anderen. Ich hab nicht gewusst, dass er das weiß. Erst da hab ich zu schießen begonnen. Wir haben vom Pferd auf ihn herabgeschossen. Als er schon ziemlich verwundet war, haben wir ihn bei der Freiwilligen Feuerwehr eingesperrt und das Blut ist beim Tor herausgesickert. Einen hab ich als Wache vor der Tür abgestellt. So ist niemand zum Edi Holzapfel hineingekommen.

Flugübungen

Da ist alles warm und ich warte auf nichts. Nicht einmal mehr auf den kommenden Tag. Auf die Heidi vielleicht. Dass sie wieder hinter mir liegt und ihren Arm um mich legt, danach sehn ich mich. Die Heidi hat nie Bettdecken und Vorhänge mögen. Vor allem nicht, wenn sie weiß waren. So weiß wie hier. Krankenhausweiß.
Warum kommt mich deine Mutter eigentlich nicht besuchen?
Wie es mir geht? Ich mach immer noch alles wie früher. Ich schlag Purzelbäume. Neuerdings kann ich auch wieder fliegen. Mir geht's gut, ich muss es nur sagen: Mir geht es gut.
Wann darf ich nach Hause?

So weiße Decken gibt's bei uns zu Hause nicht. Ich öffne die Augen und schon wieder ist die Bettdecke weiß. Ich werd sie färben müssen, wenn ich noch länger hierbleiben muss. Neben mir schnarcht einer. Zweibettzimmer, sagt der Herbert, Zweitbettzimmer und immerhin nicht zu sechst in einem Raum. Die Ärzte sind gut, sagt er, und die Schwestern freundlich. Dabei merken sie sich nicht einmal meinen Namen. Müssen vorher immer das Namensschild anschauen! Dabei bin ich schon so lange hier. Der Herbert hat mir einen Rosenkranz mitgebracht. Damit ich mich wohler fühl. Wenn ich das Schnarchen nicht mehr aushalt, nehm ich den Rosenkranz.

Früher haben wir uns nach dem Rosenkranzgebet geschlagen. Wir, das waren der Johann, der Lois, der Binder und ich. Das heißt, eigentlich haben der Johann und ich mit dem Lois und dem Binder. Warum, kann ich jetzt auch nicht mehr sagen. Später dann wegen den Dirndln, aber eigentlich war das auch kein Grund.

Mir geht es gut, sag ich, wenn jemand den Raum betritt, immerhin, sag ich, ich kann ja noch alles machen. Und das Fliegen geht ja jetzt auch wieder.
Gestern war die Heidi da, in der Nacht. Der Schnarcher neben mir behauptet, dass das nicht wahr ist.

Weißt du was? Du fragst mir zu viel, Herbert. Du solltest langsamer machen mit mir. Das sagen sie hier immer zu mir. Zeig mal mein Namensschild her. Siehst du, da steht's schwarz auf weiß. Ferdinand Kranebitter. Weil sie sich meinen Namen und die Diagnose nicht merken können, schauen sie vorher immer drauf und dann sagen sie: Ganz langsam, Herr Kranebitter.
Wie lange bin ich jetzt schon hier?
Könnte man nicht etwas mit den Vorhängen machen und mit der Bettdecke? Die Vorhänge stören beim Rausschauen und wenn es draußen hell ist, blendet mich die Bettdecke. Deine Mutter hat das ganze Krankenhausweiß immer gehasst. Bei uns hat's keine blütenweißen Bettdecken gegeben. Zur Hochzeit haben wir solche bekommen, die hat sie gleich gefärbt. An den Ecken hat sie Kranebitter eingestickt.

Herr Kranebitter zum Beispiel wär so etwas, was ich abschaffen würd. Dann würd man sich gleich mehr zu Hause fühlen. Ich würd eher Feri sagen.
Du da, Schwester, den Kranebitter, den hab ich heute abgeschafft.

Feri klingt kürzer. Das hat auch die Heidi gesagt. Am Anfang. Gestern hat sie hinter mir gelegen und heute will's keiner gesehen haben! Das hätten wir früher gebraucht, noch vor der Hochzeit, aber da hat's natürlich jeder gleich gesehen, dass wir miteinander gehen. Außer der Lois. Der hat's nicht geglaubt.
Ob ich ess, ja sag mal, das Essen ist zwar nicht gut, aber für meine Flugübungen brauch ich ja was, und da wär mir das Essen von der Heidi schon lieber. Warum kommt sie eigentlich nie untertags?

Weißt du was? Das geht niemanden etwas an, was du da fragst. Was ich dir jetzt sag, bleibt unter uns. Die Rosi, die wollt mich, aber ich wollt die Rosi nicht, und dass sie dann ihr Leben lang behauptet hat, das Kind ist von mir, das war einfach gelogen. Deiner Mutter ist das nicht so leichtgefallen. Aber ich hab immer gesagt, dass das Kind nicht von mir ist. Der Rudi und die junge Lohinger sind doch sogar im gleichen Monat zur Welt gekommen, oder? Da hätt ich also im gleichen Monat mit der Rosi und deiner Mutter in den Heuschober gegangen sein sollen?
Nein, du, ich bin nicht der Vater von der jungen Lohinger. Da musst du schon wen andern finden, dem du das Kind aufbinden kannst. Aber sag, wie geht's ihr denn? Weißt du was?

Dass die anderen Kinder so weit weg sind, das tut mir schon immer noch weh. Wenigstens ist der Herbert da. Wir waren schon froh, als wir ihn hatten. Wenn ich erst wieder viel Übung hab, dann kann ich die anderen besuchen. Im Krieg sind wir ja auch geflogen.

Sind die Vorhänge immer schon da gewesen oder hat die der Herbert mitgebracht, damit es mir mehr wie zu Hause vorkommt? Die muss der Herbert mitgebracht haben. Es wundert mich schon, dass sie die nicht wieder abhängen. Die gehören nicht ins Krankenhaus. Ich würd sie ja nicht brauchen, auch nicht in der Nacht. Die Heidi und ich, wir hatten nie Vorhänge im Schlafzimmer.

Das hab ich vergessen, Herbert. Stell dir das vor, so weit ist es mit mir schon, dass ich vergessen kann, dass die Heidi schon tot ist. Weinst du? Um deine Mutter? Vielleicht ist es besser, wenn du hier nicht weinst. Dann kommen sie alle gerannt. Das ist das Schlimmste, dass sie immer alle gerannt kommen.

Wenn ich zum Rudi flieg, dann frag ich ihn, ob die Heidi wirklich tot ist. Dem Herbert trau ich da nicht. Der Rudi ist ja der Älteste, der ist vernünftig. Das war der schon immer. Dem könnte ich auch die Geschichte mit der Rosi erzählen. Die junge Lohinger hat sogar auf den Herbert aufgepasst. Das ist schon lange her. Nicht so lang wie das Fliegen, aber lang genug.

Ich hab geweint damals. Ich weiß nicht, ob du dich noch erinnern kannst. Aber damals hab ich geweint, weil wir unser Pferd verkauft haben. Der Rudi wollt das Haus ja nicht, die Marianne war verheiratet, du warst noch ein Kind und wir haben's nicht mehr geschafft mit der Landwirtschaft. Das hat mir das Herz gebrochen.

Das ist schön, Rudi. Das ist sehr schön, dass ihr auch mal kommt, Marianne. Ich hab ja schon gedacht, dass ich im Frühling eine Rundreise machen muss. Mir geht's gut, danke. Aber die Vorhänge könnt ihr dem Herbert wieder mitnehmen. Und Marianne, kannst du die Bettdecke färben? Die blendet nämlich sehr.
Besser ist's, wenn ihr euch setzt, der Boden ist heute wieder sehr glatt. Da hinten stehen Sessel. Kommt ihr jetzt öfter? Und eure Mutter, könnt ihr die mal mitbringen? Der Herbert macht's ja doch nicht.
Was heißt das: Da gibt es nichts mehr zu tun? Ich werd schon wieder gesund! In meinem Leben, da gibt es nämlich noch viel zu tun.
Was heißt das: Ich kann nicht mehr richtig gehen? Ich kann sehr wohl gehen! Das liegt an diesem Boden im Krankenhaus und dass der Boden immer glatter wird, auch hier drinnen. Im Frühling hab ich damit kein Problem mehr! Jetzt üb ich ja jeden Tag. Vielleicht kann ich noch vor Ostern nach Hause und wieder fliegen.

Die Heidi würd mich heimgehen lassen. Deshalb bringt sie niemand mit.
Wenn der Boden wieder auftaut, steh ich auf und geh nach Hause, das schaff ich auch allein. Die Vorhänge nehm ich mit und zu Weihnachten schenk ich sie dem Herbert. Da werden wir lachen. Für die Marianne und den Rudi hab ich noch nichts. Aber die Heidi weiß eigentlich immer was.

Ich bin abgestürzt und jetzt geht gar nichts mehr mit dem Fliegen. Im Krieg haben wir dann auch aufgegeben. Manchmal ist der Gegner stärker. Der Schnarcher neben mir lässt mir auch keine ruhige Minute mehr. Mit mir wird das nichts mehr. Ihr könnt mich ins Altersheim bringen zum Verrecken. Aber lasst uns doch nochmal zum Kogler gehen. Die Wildwochen sind zwar vorbei, aber das andere schmeckt doch auch immer gut. Bringt die Hermine Lohinger mit. Und den Lois, der lebt doch noch? So alt wie wir sind, werden wir uns auch nicht mehr raufen. Dafür fehlt mir die Kraft und er hat sich schon genug gerächt. Wir sind mit der Mama immer so gern zum Kogler gegangen, könnt ihr euch noch dran erinnern? Rudi, du warst recht brav, aber Marianne, dich haben wir im Zaum halten müssen. Laut warst du, meine Güte. An dir ist ein Bub verloren gegangen, als du ein Kind warst. Der Herbert war noch nicht auf der Welt. Im Kogler beim Frühschoppen hab ich den Lois das letzte Mal geschlagen. Ich bin rein und hab ihn am Stammtisch sitzen sehen. Selbstgefällig. Da war's vorbei mit mir. Der hat schon gewusst, warum. Hausverbot hab ich bekommen. Der Herbert ist ein paar Monate später auf die Welt gekommen.

Wisst ihr was? Das find ich gut, dass wir doch noch zum Kogler gehen und dass die Heidi nicht dabei ist, macht auch nicht so viel. Ihr wär das sicher unangenehm, weil darüber wollt sie ja nie reden. Am besten wir setzen uns hinten hin, es muss uns ja nicht jeder hören. Hinten ist auch der Boden nicht so glatt.
Jetzt lacht ihr, aber wartet.
Der Lois wird jetzt gleich eine Überraschung erleben. Sie haben ihn extra weit weg von mir hingesetzt. Dem muss ich irgendwie ein Zeichen geben, dass er jetzt auf

seine alten Tage doch noch ein zweites Kind bekommt. Der kriegt sonst vielleicht einen Schock. Ich wünsch ihm viel, aber das nicht.
Zahlen brauchen wir noch nicht. Ich geb noch eine Runde aus, oder nein, vielleicht lassen wir's doch lieber, lasst mich sitzen, ich muss euch etwas erzählen. Schön, hier noch mal mit euch allen im Kogler zu sitzen.
Das Ganze war nämlich so, Lois, und mit dir muss ich schließlich anfangen, mit dir hat ja alles angefangen. Die Rosi hab ich nicht mehr angerührt, als du uns im Heuschober gesehen hast. Ich hab nämlich Schluss gemacht mit ihr. Da hab ich schon gewusst, dass ich die Heidi heirat. Das war zehn Monate vor der Geburt von der Hermine. Und seit dem Tag im Heuschober, wo ich sie ja gar nicht mehr angerührt hab, wo du mich dann geschlagen hast wie noch nie, Lois, da hab ich die Rosi nur mehr in der Kirche gesehen und hab versucht, kein Wort mehr mit ihr zu reden. Aber sie hat drauf bestanden. Da hat sie mir gesagt, dass sie schwanger ist. Im dritten, hat sie gesagt. Einen Tag davor hat's mir die Heidi gesagt. Das kann ich gar nicht gewesen sein. Da hab ich schon vier Monate nichts mehr von der Rosi wissen wollen. Ich hab die Rosi gefragt, ob es vom Lois ist. Ja, hat sie gesagt, aber der Lois heiratet keine Schwangere. Der Lois glaubt, dass es von dir ist. Und du, Lois, hast dein Leben lang geglaubt, dass die Hermine von mir ist und wolltest die Rosi nicht heiraten mit ihrem ledigen Kind, das doch von dir ist!
Der Lois wollt's mir heimzahlen und hat sich an eure Mutter rangemacht. Da hatt ich mich schon sterilisieren lassen. Ich hab euch gesehen, Lois. Zwei oder drei-

mal, dann war sie schwanger, obwohl sie dafür schon etwas alt war. Deshalb hat die Hermine so oft auf den Herbert aufgepasst, weil ich mir immer gedacht hab, Geschwister sind Geschwister, hin oder her.

Wisst ihr was? Jetzt bin ich müde. Alle vier hab ich gern. Der Heidi wollt ich eigentlich nicht verzeihen. Aber jetzt, wo's mit dem Fliegen nichts mehr wird. Ob sie sich wieder hinter mich legt und ihren Arm um meinen Bauch? Nur die Bettdecke hier wird sie blenden.

Die vom Bach

Das darf man einfach nicht so schwernehmen. Das ist genauso, wie wenn du eine aus dem Bach ziehst. Da redet man nicht mehr lange herum, da geht man nach Hause und sagt, was passiert ist. Heute stellen sie Schilder auf. Bitte springen Sie nicht hier von der Brücke, sondern zehn Meter weiter links, da ist es mit dem Aufräumen nicht so grausig, so was schreiben sie hin, und das hilft auch wirklich.
Das hat's damals gegeben, das gibt's heute. Dass jemand wen anderen umbringt oder sich selbst, das hat's schon immer gegeben. Heute sind's gleich Terroristen oder Amokläufer, früher waren's halt Verrückte.

Die Vroni war auch eine Verrückte. Wie ich sie damals aus dem Bach gezogen hab, das war das Gegenteil von einer Geburt. Die Geburt steht ja am Anfang des Lebens und sie war aus ihrer Sicht am Ende des Lebens. Ich wollte dann eine Zeitlang in der geschlossenen Anstalt arbeiten, als Wärter. Aber nicht wegen dem Ende des Lebens, sondern wegen ihr. Es hat mir nämlich so gut gefallen, wie ihr helles Kleid am Körper geklebt ist. Ich wollt sie wiedersehen.
Sie war vielleicht vier oder fünf Jahre älter. Ich war damals zwölf. So ein enges Kleid hat es damals nicht oft gegeben und so durchsichtig war das nasse Kleid, herrlich für mich Bub.
Warum ich jetzt partout Anstaltswärter werden möchte, haben sie mich im Wirtshaus gefragt, als ich den Vater am Samstagabend abholen musste, sonst wär der die ganze Nacht gesessen und am Sonntag nicht zum Melken aufgestanden. Weil die Vroni so schön ist, hab ich gesagt. Die Stammtischbrüder haben gelacht, aber

auf dem Heimweg hat der Vater gesagt, dass mich das einen Scheißdreck angeht, wie schön die Vroni oder sonst eine Frau ist und dass ich mich gefälligst darauf einstellen sollte, Bauer zu werden.

Früher war das eine Schande, wenn sich jemand selbst umgebracht hat. Mit solchen Leuten wollte man nichts zu tun haben. Am Friedhof mussten die Selbstmörder an der Mauer liegen, nicht im Familiengrab. Ich war noch zu jung, um das alles zu verstehen. Ich hab sie im Wasser gesehen und sie hat mir leidgetan, weil sie nicht schwimmen konnte. Am Anfang hab ich gar nicht daran gedacht, dass sie das absichtlich gemacht hat, ins Wasser gehen. Erst später ist mir das aufgefallen. Sie hat sich nämlich gar nicht darüber gefreut, dass sie da lebend rausgekommen ist. Sie ist dann in die Anstalt gekommen. Sie wurde noch am selben Tag abgeholt.

Als sie das erste Mal nach Hause kam, hat sie mir vorher einen Brief geschrieben, ob wir uns am Bach treffen. Und wir haben uns getroffen, an der gleichen Stelle, wo ich sie herausgezogen hab, aber wir haben nicht recht gewusst, was wir miteinander reden sollen.
Lang ist's her, hab ich dann endlich gesagt.
Würdest du's wieder machen, hat sie gefragt.
Naja, würdest du's wollen?, hab ich gefragt mit meiner Lebenserfahrung, die paar Jahre später. Weil so wie's der Vater wollt, hab ich es auch gemacht. Nichts da mit Anstaltswärter oder Pfleger oder sonst was. Wenn sie gesagt hätte, dass sie's nicht wollen würde, dass ich sie

nochmal herauszieh aus dem Bach, dann hätt ich es jetzt auch nicht mehr gemacht.
Sie ist näher zum Bach gegangen, hat ihre Füße schon drinnen gehabt.
Du warst schön, als ich dich aus dem Bach gezogen hab und du so nass heimgegangen bist mit mir, und das Kleid so eng an dir –
Lang ist's her, hat sie gesagt, und jetzt? Bin ich jetzt noch schön?
Jetzt, hab ich gesagt, werden wir schwimmen gehen.
Wir wussten ja beide, dass sie nicht schwimmen konnte.

Man muss die Leute, die sich umbringen wollen, überraschen, aus dem Konzept bringen. Mir hat mal einer erzählt, er hätte einen gesehen, der sich gerade von der Brücke fallen lassen wollte. Da hat der einfach gesagt: Du, das geht jetzt nicht, wir machen jetzt Mittagspause, und schon war's vorbei. Das muss man sich einmal vorstellen. Der ist nicht gesprungen, weil Mittagspause war.

Das nächste Mal, hat sie gesagt, gehen wir schwimmen, ich bring den Badeanzug mit. Beim nächsten Mal hab ich sie an den Beinen und am Bauch an der Oberfläche gehalten. Sie hat Schwimmbewegungen gemacht und dann hab ich ihre Beine losgelassen. Ihr Bauch war weich und wir haben viel gelacht an dem Tag. Ich bin etwas länger im Wasser geblieben. Dann haben wir uns zum Trocknen in die Sonne gelegt. Ich hab gefroren. Das Gras hat an den Zehen gekitzelt, wir haben in den Himmel geschaut und wenig gesprochen.

Man darf es nicht so schlimm sehen, hat die Mutter zum Vater gesagt, bevor wir ins Wirtshaus gegangen sind. Aber nochmal kommt mir das mit der Vroni nicht vor, hat der Vater auf dem Weg runter in den Ort gesagt. Ich hab mich zu meinen Freunden gesetzt und der Vater zu seinen Stammtischbrüdern. Ich hab nicht viel gesagt an diesem Abend, nur an ihr Lachen und ihren Bauch hab ich gedacht.

Bist schüchtern, hat sie gerufen, als wir wieder einmal am Bach waren und uns schon kalt war. Ich hab mich nicht aus dem Wasser getraut, weil ich so angetan war, nicht nur von ihrem Körper.
Find'st mich immer noch schön?
Jetzt kannst bald schwimmen und dann wirst mich vergessen.
Und mich nie mehr umbringen.
Auch gut.
Aber sie hat schon noch Möglichkeiten gehabt. Sie hat's dann immer wieder versucht. Ins Wasser ist sie dazu nicht mehr gegangen.

Jetzt les ich in der Zeitung, dass sie es doch noch geschafft hat. Es wundert mich, dass es überhaupt in der Zeitung steht, ihre Eltern und Geschwister wollten nie etwas von ihr wissen. Es ist nur eine Todesanzeige. Die hat es selbst geschafft, das weiß ich. Das ist kein Totenbild, das man vorbereitet hat. Nach langer, schwerer Krankheit von uns gegangen, steht da zwar, aber nix da. Morgen geh ich ins Wirtshaus. Einer wird schon wissen, wie sie es geschafft hat. Und wer der Franz ist, der bei den Angehörigen dabeisteht, das würd mich auch ziemlich interessieren. Wenn's im Wirtshaus niemand weiß, dann kondolier ich der Schwester am Sonntag.

Die Mutter hat in dem Sommer mit der Vroni keine Ruhe gegeben. Jedes Mal, wenn ich mit geröteten Wangen in die Küche gekommen bin, hat sie gefragt: Warst am Bach mit ihr? Vielleicht hat sie's gerochen. Mütter können so was. Aber dass mich noch nie eine andere Frau wirklich interessiert hat, seit ich sie aus dem Bach gezogen hab, wusste eigentlich jeder.

Vergessen haben wir unsere Leben, wenn wir gemeinsam schwimmen waren. Ich hab den Vater vergessen, der immer wusste, was ich zu machen hatte und was ich nicht zu machen hatte, und sie hat ihre eigenen Dinge gehabt, die sie vergessen wollte. Gesprochen haben wir darüber nicht. Wir haben über das kitzelnde Gras oder die Vögel in den Bäumen gesprochen, und ich hab ihr Anweisungen gegeben, damit sie an der Oberfläche bleibt.

Am Ende des Sommers konnte sie schwimmen und ich hatte einen Biss an der Wade vom Hund, den der Vater auf mich angesetzt hat, weil ich immer so spät nach Hause gekommen bin und er geahnt hat, mit wem ich mich da jeden Tag treff.

Tatsächlich haben wir uns das letzte Mal nicht einmal zum Abschied geküsst. Wir dachten, dass wir uns eh am nächsten Tag wiedersehen, so sicher waren wir einander und unserem Sommer, der uns so kurz und jung vorgekommen ist. Im Herbst hat's schnell abgekühlt und ich glaub, im Oktober ist schon der erste Schnee gekommen. Es war nicht so, dass wir uns nicht mehr treffen wollten. Bei ihr konnten wir uns nicht treffen und bei mir schon gar nicht. Im Winter ist sie wieder abgeholt worden.

Sie ist dann immer wieder für ein paar Monate nach Hause gekommen, und wir haben uns dann schon noch gesehen, aber nur am Sonntag in der Kirche. Später hab ich geheiratet. Sie ist dann manchmal zu uns Milch holen gekommen, sie hat meine Frau begrüßt und ich bin immer schnell fortgegangen, sodass wir nicht viel miteinander sprechen konnten. Ich hab immer so ein ungutes Gefühl gehabt, weil ich ihr nach unserem Sommer nie geschrieben hab. Ich hätte nicht gewusst, was ich mit ihr reden soll. Schön war sie dann nicht mehr, die Medikamente haben ihr Gesicht aufgeschwemmt und jünger ist sie auch nicht geworden.
Einmal hat sie mir zu Weihnachten eine Karte geschrieben. Meine Frau hat gefragt, von wem die ist und warum von der. Krank ist sie halt, hab ich gesagt, was natürlich nicht ganz gestimmt hat. Die Vroni hatte wahrscheinlich schon einen Grund, der aber nicht auf der Karte stand, und dann war es schon nach Weihnachten. Was hätte ich schreiben sollen? Was schreibt man einer Verrückten, mit der man einmal einen schönen Sommer verbracht hat? Es war sowieso unwiderruflich vorbei, der Sommer, mit uns. Wenn ich ihr geschrieben hätte, vielleicht hätte sie sich sogar noch etwas darauf eingebildet.

Niemand weiß, wie sie sich umgebracht hat, im Wirtshaus nicht und auch ihre Schwester hat mir nichts er-

zählt, wie ich ihr in der Kirche kondoliert hab. Heute dürfen die Selbstmörder im Familiengrab liegen.
Ich denk immer noch an das Kleid und ihren Bauch, wie wir geschwommen sind im Bach, um die Wette, hinüber ans andere Ufer und wieder zurück. Ich würd gern wissen, wie sie es fertig gebracht hat, ob sie sich in den Kopf geschossen hat.
Ihre Schwester weiß gar nichts von uns, glaub ich, sonst hätte sie es mir doch gesagt. Bestimmt.

Friedrich

Ich muss Mutter bald schreiben, dass es mir gut geht und fragen, wie es ihnen geht. Karl, Anna, den Brüdern und ihr selbst. Ob sie wieder Schmerzen hat von der Nadel im Rücken? Ob die Ärzte ihr jetzt helfen können?

Friedrich stellt sich für die Essensausgabe an, das Feldgeschirr hält er in beiden Händen. Dass man ihr hier helfen könnte, wird er noch in den Brief hineinschreiben, dann kommt der Brief bestimmt zu Hause an. Er schlürft die Suppe und blickt sich um. Wo ist Thomas?
Thomas ist Deutscher. Er kommt auch von einem Bauernhof. Bevor Thomas das Gewehr in die Hand nimmt, bekreuzigt er sich.
Friedrich ist jetzt auch Deutscher. Beim Gedanke daran muss er lächeln. Ich bin doch kein Deutscher!

Wenn Friedrich Schüsse hört und Panzer, dann sagen sie: Fürchtet euch nicht, der Führer wird kommen. Wenn Friedrich und seine Kameraden sterben müssen, sagen sie: Stirb als Held fürs Vaterland. Aber wenn die Männer nicht sterben wollen, dann sagen sie: Stirb für deine Frau, deine Mutter, deine Schwestern, die in der Heimat für euch sterben würden.

Liebe Mutter, schick mir ein Bild, auf dem ich euch beim Essen sehen kann, ich habe Hunger nach deinen Suppen. Das Essen hier ist gut, die Versorgung lässt mich nichts vermissen. Siegreich schreiten wir voran.
Wie geht es zu Hause? Habt ihr den Ochsen verkauft?

Blühen die Marillenbäume schon? Könntest du mir einen Rosenkranz schicken?

Friedrich liegt im Graben und atmet. Früher ist er mit Karl in der Wiese gelegen und sie haben laut geatmet, ihre Lungen mit Luft vollgesogen und geglaubt, sie würden ewig leben. Wo ist Karl jetzt? Er muss die Mutter im nächsten Brief fragen, wie es ihm geht. Hat man ihn auch eingezogen?
Wenn Schüsse zu hören sind, schließt Friedrich die Augen. Dann heißt es Rückzug oder Vorstoß. Friedrich spürt, wie Thomas sich neben ihm bekreuzigt und tut es ihm gleich.

Als er zwölf war, ist er mit der Mutter in die Kirche gegangen. Er hat sich gefürchtet, als sie zum Ortsgruppenleiter statt »Heil Hitler« »Griaß God« gesagt hat. Frau Sallinger, das heißt »Heil Hitler« und heben sie die Rechte!
Sie hat ihn angesehen und gesagt: Die Rechte kann ich doch nicht heben! Wissen Sie denn nicht? Sie hat an sich heruntergesehen und sich auf Friedrich gestützt, dann hat sie gesagt: Wie soll ich den Gruß machen, etwa mit der Linken? Ich will den Gruß doch nicht entehren.
Der Ortsgruppenleiter hat genickt und eine Entschuldigung gemurmelt.
Dann sind Friedrich und die Mutter in die Kirche gegangen und die Mutter, die linksseitig gelähmt ist, hat ihm zugezwinkert.
Wenn die anderen über den Krieg schimpfen, dann sagt Friedrich nichts. Wenn andere Witze über den

Führer machen, sieht er sich um, dann erst lacht er mit. Friedrichs Brüder sind beide Pfarrer. Einmal sind sie nach Hause gekommen und haben zu Friedrich gesagt: Wenn dir unser Leben wichtig ist, dann halt den Mund, wir sind schon im Visier.

Sag Karls Eltern, dass ihr Sohn einen heldenhaften Tod gestorben ist, drück ihnen mein Beileid aus. Karl und ich sind oft in der Wiese gelegen, nach der Arbeit, mit Strohhalmen zwischen den Zähnen und Fingern. Er hat mir sein Fahrrad geliehen, Mutter, vielleicht steht es noch im Stadel.
Danke für den Rosenkranz. Hier gibt es einen Deutschen, Thomas, mit dem geht es mir wie mit Karl. Nur hier teilen wir uns keine Fahrräder, sondern den Rosenkranz.

Das Gewehr liegt schwer auf den Schultern. Überall riecht es nach Schweiß, Brocken fliegen durch die Luft und aus dem Wald kommen Geräusche. Die Brücke ist gesprengt und aus den Gräben sind Schreie zu hören. Hilf mir Friedrich! Aber Friedrich läuft weiter.

Liebe Mutter, wir werden jetzt mit dem Zug nach Berlin fahren, um die Hauptstadt vor den Russen zu verteidigen. Mir geht es gut. Ich hab dieses Jahr noch keine Marillen gegessen. Wie war die Ernte? Sind sie wieder so weich gewesen wie letztes Jahr? Ich hoffe, euch geht es allen gut!

Der Zug rumpelt. Friedrich sitzt am Fenster. Der Junge gegenüber schläft. Er schläft, seit sie in diesen Zug

gestiegen sind. Neben ihm schnarcht Thomas mit dem Rosenkranz in der Hand.
Im Traum liegt Friedrich im Lazarett. Die Schwester schüttelt den Kopf. Der wird nicht mehr. Friedrich will aufstehen und gehen. Die Schwester zeigt auf seinen Bauch. Er blutet.
Friedrich schreckt auf, der Zug fährt noch immer. Thomas zeigt mit einem Kopfnicken nach draußen. Dort zieht eine zerfurchte Landschaft vorbei. Die Erde hier ist rot statt braun. Hier komm ich her, Fritz, sagt er. Jetzt könnte ich Heimaturlaub machen, was?

Mutter, so etwas hast du noch nicht gesehen. Berlin ist so groß, dass man sicher Wochen brauchen würde, um durch alle Straßen zu gehen, um alle Geschäfte anzuschauen. Die Versorgung funktioniert wunderbar. Nur selten sieht man Menschen, die hungrig sind, obwohl die Stadt so groß ist.
Es gibt oft Bombenalarm. Wie geht es euch? Dürft ihr am Abend Licht machen?

Friedrich hält Wache. Er geht den kleinen Hügel hinauf und sieht sie. Die Panzer der Russen. Er schreit: Lauft! Und beginnt zu laufen, fällt hin, springt wieder auf, läuft, hört schon die Panzer hinter sich und Schüsse. Fritz läuft in dieses Haus und Thomas schreit: Fritz! Aber Friedrich schreit: Lauf!

Liebe Mutter, früher hab ich mir gewünscht, dass es Sommer wird, damit wir wieder mit dem Rad in die Schule fahren können oder dass der Winter kommt zum Schlittenfahren. Jetzt sind alle Jahreszeiten gleich

geworden. Die Wünsche von damals kommen mir unwirklich vor.
Ich sehne mich nach dem Geruch, wenn ich zu Hause die Tür aufmache. Ich vermisse das kühle Vorhaus im Sommer. Ich habe Angst, ich könnte vergessen, wie der Christbaum im Kerzenlicht leuchtet, mit Äpfeln und deiner Windbäckerei geschmückt.

Wenn Friedrich zu schießen aufhört, dann sagen sie: Schießt oder ihr werdet selbst getroffen!
Wenn Friedrich das Gewehr senkt, dann sagen sie: Wer aufgibt, ist ein Dissident!
Wenn die Soldaten verletzt sind, sagen sie: Noch im Sterben muss man die Bestien umbringen, um das Vaterland zu verteidigen!
Wenn Friedrich seinen Kameraden in die Augen sieht, denkt er, dass die Augen der Feinde nicht anders aussehen.

Unter Trümmern liegt Friedrich. Sein Bein bewegt sich nicht mehr. Er hört andere schreien, er ruft nach Hilfe. Er wird ausgegraben, in ein Lazarett getragen. Friedrich sucht Thomas. Er kann dazu nicht aufstehen. Im Lazarett laufen die Menschen hin und her. Die Verletzten liegen in langen Reihen. Im Stimmengewirr hört er nur manchmal ein deutsches Wort. Dein Bein wird abgenommen, sagt ein deutscher Gefangener zu Friedrich.
Als er aufwacht, hat er das Bein noch dran und einen Gips.
Er hört Befehle, er versteht nicht, was sie wollen, und dann heißt es: Nach Russland marschieren und

wer nicht sofort aufsteht, der bleibt hier und wird erschossen!

Dann wird also wieder marschiert. Im Gehen kann geschlafen werden. Es wird einfach weitergegangen. Es gibt kaum zu essen und keinen Schlaf, von den Soldaten sind manche verletzt und wer nicht weiterkann, wird liegen gelassen oder erschossen. Friedrich hat Thomas seit Tagen nicht gesehen. Er hat einen Stock gefunden. Es ist ein starker Stock, er gibt gut auf ihn acht.
Friedrich geht an den Liegenden und an den Toten vorbei. Er humpelt, sein Fuß ist nur im Gips und nicht ab. Er muss doch weiter!

Der Mann zeigt auf eine Stelle und sagt: Name.
An der Wand neben dem Mann lehnt ein Gewehr.
Friedrich unterschreibt.
Der Mann zeigt auf eine zweite Stelle und sagt: Name.
Friedrich unterschreibt.
Was haben wir denn unterschreiben müssen, fragen sich die Gefangenen draußen. Vielleicht unsere Freilassung?
Zu Hause esse ich zuerst einmal einen Schweinsbraten!
Und Marillenknödel!
Die Mutter wird Augen machen!
Wie ich mich auf meine Kinder freue!

Mutter, bekommst du meine Briefe? Ich bin in Russland und mir geht es gut. Ich verstehe zwar kein Russisch, aber heute haben wir unsere Freilassung unterschrieben. Schreib mir bitte bald, wie es euch geht.

Alle haben sie unterschrieben, dass sie freiwillig bei der SS waren und Nazis. Das sagt ihnen der Übersetzer und: Jetzt geht's auf nach Moskau, dort müssen Häuser gebaut werden!
Früher haben Friedrich und Karl ihre Oberarme verglichen. Sie haben Fäuste gemacht, die Arme ausgestreckt und die Ellbogen abgewinkelt. So wollten sie herausfinden, wer die härteren Muskeln hat.
Jetzt würde Friedrich nicht einmal gegen Anna gewinnen.

Manchmal kommen sie durch Dörfer. Die Häuser ducken sich im Wind, durch den die Männer gehen müssen. Es riecht dort nach Suppe. Friedrich will sich an die Fenster der Häuser stellen und die Menschen nach einem Stückchen Brot fragen. Schneller, schreien die Aufseher, schneller! Friedrich erhascht nur manchmal einen Blick in die warmen Stuben.
Wenn sie rasten, gräbt er Wurzeln aus. Seine Fingernägel brechen, die Hände sind immer dreckig.

Mutter, vielleicht komme ich noch nicht nach Hause. Wir marschieren jetzt nach Moskau, um Häuser zu bauen. Mutter, bitte schreib mir doch bald! Schick mir einen Rosenkranz, ich hab ihn verloren. Thomas hatte ihn, aber er ist nicht hier. Hast du das Fahrrad zurückgebracht?

In Moskau gibt es kein Entfliehen. Eingezäunte Baracken und überall stehen Wachen. Die Erde ist gefroren. Friedrich kann keine Wurzeln ausgraben. Auch sonst gibt es fast nichts zu essen. Der Weg war weit bis

hierher, aber Friedrich hat es geschafft. Seinen Stock hat er verloren und das Bein schmerzt noch, wenn er aufrecht stehen muss. Er hat alles zurückgelassen, nur einen Stift und ein Foto hat er noch. Mutter und Schwester sitzen am Tisch und essen. Anna hat den Löffel halb zum Mund angehoben. Friedrich starrt den Topf an, den Löffel mit der Suppe.
Außerhalb des Zauns gibt es Frauen. Sie ziehen die Kopftücher tief ins Gesicht, gehen knapp daran vorbei und wenn sie unbeobachtet sind, werfen sie Kartoffelschalen hindurch. Friedrich sitzt oft dort. Alle stürzen sich dann auf die Schalen. Mit fiebrigen Händen tasten sie den Boden ab.

Liebe Mutter, nun hab ich dir schon so lange nicht mehr geschrieben. Ich hatte kein Papier. Heute aber ist das Rote Kreuz gekommen. Ich lebe. Ich bin in Russland. Der Krieg ist vorbei, hat uns das Rote Kreuz gesagt. Alle sitzen wir an einem langen Tisch und jeder schreibt nach Hause. Ich denk an euch, wie geht es Anna, den Brüdern? Deinem Rücken? Karls Eltern? Mutter, hier gibt es gute Menschen, mach dir keine Sorgen um mich!

Janek

Helena schiebt die Semmeln in den Ofen. Janek hat angerufen. Am Telefon war er wie immer kurz angebunden. Sie betrachtet das Holzmuster auf ihrem Tisch. Das Treffen könnte kompliziert werden. Der Bruder wird in der Küche stehen, er wird ihr Brot essen, er wird rote Augen und immer noch keinen Beruf haben, und sie wird ihm sagen, was er für ein missratenes Leben führt, was Vater von ihm denken würde. Die Mutter sagt seit dem Tod des Vaters nicht mehr viel zum Leben ihrer Kinder.

Helena hat Deutsch sprechen und etwas mit ihren Händen gelernt, damit es ihr nicht so ergeht wie der Mutter oder dem Vater. Den Teig muss man zuerst gut kneten, gehen lassen, dann formt man ihn genauso, wie man ihn haben möchte. Lang oder kurz oder rund und flach. Sie hat wenig Salz in den Teig gegeben. Sie hat den Teig ganz fest und lange geknetet, damit der Bruder endlich kommt. Am liebsten würde sie ihm die rohen Teiglinge ins Gesicht schlagen, weil er noch immer keine Arbeit hat. Aber jetzt sind die Teiglinge schon im Rohr und der Bruder verspätet sich wie immer.

Der Geruch nach Brot verbreitet sich in ihrer Wohnung. In der Wohnung der Eltern roch es nach Vaters Zigaretten und nach Mutters tschechischer Küche.

Helenka, Janek, rief die Mutter, bevor es Essen gab, wascht euch die Hände.

Kartoffelknödel, schrie der Bruder.

Böhmisches Kraut, sagte der Vater und drückte die Zigarette auf dem Balkongeländer aus.

Was du auch immer vor dem Essen rauchen musst, schimpfte die Mutter aus der Küche und rümpfte die

Nasc. Auf dem Balkongeländer war das Plastik in kleinen runden Kreisen geschmolzen.

Helena hat keinen Balkon, sie wohnt über der Bäckerei, in der sie arbeitet. Es ist eine kleine Wohnung mit drei Fenstern auf die Straße hinaus und eines in den Hinterhof. Im Hinterhof steht ein Ginkgobaum, er ist sehr dünn und hat zwei Äste, einer zeigt nach rechts, einer nach links.
Janek raucht wie ein Schlot, obwohl der Vater an seinen Zigaretten gestorben ist. Wenn Janek sie besucht, riecht ihre Wohnung wieder wie die ihrer Eltern. Er lehnt sich an ihren weißen Küchenschrank, die Hand mit der Zigarette hält er über das Spülbecken, in das er die Asche fallen lässt.

Einmal standen Helena, Janek und der Vater in einem Arztzimmer. Der Vater hatte seine Zigarette vor der Tür auf den Boden geworfen, Helena hatte sie für ihn ausgetreten. Lungenkrebs, sagte der Arzt. Was sagt er?, flüsterte der Vater auf Tschechisch in Janeks und Helenas Richtung. Helena schaute zuerst den Arzt an, dann den Vater mit seinen dünnen Armen. Janek drehte sich vom Vater weg: Alles gut, sagt der Arzt, *Otec*, wir können nach Hause gehen.
Janek sagte nach diesem Arztbesuch nie wieder *tat'ka*, nur mehr *Otec* zum Vater.

Helena schaut auf das Holz ihres Küchentisches. Die gesamte Fläche ist mit Mehl bestaubt. Das Astauge sieht jetzt aus wie ein Krebs. Als Kind hatte sie sich unter Lungenkrebs ein oranges Tier auf der Lunge vorgestellt.

Helena wischt die Klauen auf den Boden. Wenn der Bruder wieder fort ist, muss sie ohnehin die ganze Wohnung putzen, um den Zigarettengeruch loszuwerden. Janek riecht wie der Vater.

Der Vater las ihnen vor dem Schlafengehen immer eine Geschichte vor. Danach saß er in seinem Sessel unter der Lampe und las für sich. Was liest du, fragte sie, wenn sie nicht schlafen konnte. Kafka, sagte der Vater oder: Horvath. Das ist nichts für Kinder.

Helena fährt nicht Auto, sie raucht nicht, sie steigt auf keine Berge, sie geht nur dort schwimmen, wo sie stehen kann, sie isst keine Eier aus Bodenhaltung, sie bereitet ihr Essen frisch und regional zu. Sie wohnt nicht weit von ihrer Arbeit entfernt, sie muss keine Straßen überqueren, um einkaufen zu gehen. Wenn sie in die Arbeit, die Treppe hinabgeht, setzt sie die Füße langsam auf jede Stufe und hält sich am Geländer fest. Helena geht auch nur auf freien Feldern spazieren, denn nicht nur berühmte Menschen wie Ödön von Horváth sind schon von einem Ast erschlagen worden. Helena ist Bäckerin geworden, weil die meisten Menschen noch schlafen, während sie arbeitet. So kann sie in der Wohnung bleiben, wenn alle nach Hause fahren und die Luft mit ihren Abgasen verpesten. Mit ihren Händen formt sie jeden Morgen Kornspitze, Mohnflesserl, Semmeln und Zöpfe. Die Hände des Bruders können nichts, nur schlagen, festhalten und drohen, sie können hungrig nach ihren Semmeln greifen, sonst sind die Hände vom Bruder zu nichts zu gebrauchen.

Janek ist älter als Helena, groß und sehnig. Im Schulhof stand er immer bei den Jungen, die kleinere Kinder jagten, ihnen Süßigkeiten, Jausenbrote und Hausaufgabenhefte abnahmen.
Herzloser Janek, hätte die Mutter gesagt, wenn sie davon gewusst hätte. Aber nach dem Tod des Vaters war es sinnlos geworden zu erzählen, was der Bruder anstellte. Die Mutter sagte früher immer: Der Janek kommt nach dem Großvater.
Das kann man noch gar nicht wissen, Matka, sagte Vater darauf, als er noch lebte.
Nach dem Großvater zu kommen hieß, kein gutes Leben zu führen. Der Großvater lief nicht davon, wie es die Eltern getan hatten, er blieb und fügte sich, sogar mehr als das. Seither sprach man nicht gut von ihm. Helena wusste nicht, was vorgefallen war, nur so viel, dass der Großvater verachtungswürdig war und die Tschechoslowakei, wo der Großvater immer noch war, wie ein Gefängnis.
In der Küche der Eltern hing ein Bild, darunter stand: Jan Palach. Der Bruder war nach ihm benannt worden. Komisch, dachte Helena immer, sie hatte wenigstens den Namen der Babicka. Die Mutter musste als Kind nachts in der Küche ohne Licht sitzen und Wache halten, damit niemand den Großvater holen konnte.

Mutters Lieblingsort war die Küche. Die Küche war schmal und eng, nur ein kleiner Tisch für zwei Personen stand am Fenster. An diesem Tisch machten Helena und Janek ihre Hausaufgaben, während ihre Mutter Gänse, Kuchen und Kekse in den Ofen schob, die Janek und Helena an ihre Schulfreunde verschenk-

ten. Abends küsste die Mutter den Vater, wenn Helena schon schlafen sollte, saß mit ihm am Tisch und lachte. Einmal, als die Mutter in der Küche stand, ein Lied pfiff und putzte, fragte Helena, wer Stalin ist.
Ein Mörder.
Und Lenin?
Ein Mann mit vielen Ideen.
Und der Mann auf dem Foto da?
Ein guter Freund und jetzt stell keine Fragen mehr.

Zu Jan sagten sie immer Janek. Janek, du bist ein großer Junge, Janek, du bist ein braver Junge. Janek, du hast deine Ideale. Wenn Janek etwas angestellt hatte, sagten die Eltern: Nimm dir ein Vorbild! Dabei deuteten sie auf das Bild von Jan Palach. Der junge Mann schaute freundlich und zielstrebig an der Kamera vorbei, sein Hemd saß tadellos.
Janek, sagte die Mutter einmal und drückte Jan dabei fest an sich, verbrenn dich bitte nicht. Man muss tun, was man tun muss, sagte der Vater. Helena dachte damals, er solle sich nicht die Hand verbrennen.

Auf Helenas Fensterbrett liegt eine Biografie über Jan Palach. Helena stellt sich vor, wie es ist, wenn man verbrennt. Ob Jan Palach auch daran gedacht hat, bevor er sich angezündet hat? Ob er in dem Moment, in dem er zu brennen angefangen hat, vor dem Feuer fliehen wollte? Helena will diese Vorstellung nicht in ihrem Kopf haben. Sie holt Milch und Eier aus dem Kühlschrank, sie mischt die Eier, Milch, Salz, Muskat und Petersilie, gibt Knödelbrot dazu. Sie knetet die Masse und sieht dabei den Bewegungen ihrer Unterarme zu.

Helenka, sagte der Vater und seine dünnen Arme, dünner als ihre heute, umarmten sie, du und Janek versteht uns noch nicht, aber wir sind auch nur Kinder unserer Zeit.
Warum?, fragte sie.
Ich hab nichts mit meinen Händen gelernt, Helenka, dann hätten wir es jetzt besser hier.
Helena fand den Ort, den die Eltern ausgesucht hatten, wunderbar. In der kleinen Wohnung stapelten sich die Bücher so hoch, wie sie groß war, die Mutter und der Vater hatten überall Lampen angebracht, damit sie lesen konnten. Im großen Zimmer stand ein Bettschrank, den die Eltern am Abend öffneten und sich darauf schlafen legten. Helena und Janek schliefen auf dem nachtblauen Ausziehsofa. Morgens wurde alles in den Schrank verstaut und die Wohnung sah aus wie jedes Wohnzimmer: Couch, Esstisch, Wandschrank, Lampen und Bücher, Aschenbecher, vor dem Fenster ein Balkon mit Tomatensträuchern und zwei Sesseln.

Nach dem Tod des Vaters blieb Helena oft stundenlang im Schlosspark der Schule. Sie musste sich zwar vor Janek und den großen Jungen verstecken, aber alles war besser als zu Hause zu sein. In der Wohnung rauchte niemand mehr, die Bücher verstaubten, die Tomatensträucher vertrockneten, die Lampen wurden nur mehr selten eingeschaltet und aus der Küche drang kein vergnügtes Lachen mehr. Am Abend las ihr niemand Geschichten vor.

Was liest du, hatte sie den Vater einmal gefragt, als sie nicht schlafen konnte.

Kafka.
Was ist Kafka?
Kafka ist ein Schriftsteller.
Was schreibt er?
Der Vater schloss das Buch. Er schreibt über einen Menschen, der zu einem Käfer wird.
Helena lachte. Schreibt er für Kinder?
Nein, sagte der Vater, das kann er auch nicht mehr.
Ist er tot?
Der Vater nickte.
Wirst du sein Grab besuchen?
Das geht nicht, das ist in Prag, hinter dem Eisernen Vorhang.
Dort, wo auch Babicka und Großvater sind?
Ungefähr dort, ja.
Die Großeltern waren irgendwo hinter diesem Eisernen Vorhang in der Tschechoslowakei. Unter dem Eisernen Vorhang stellte sie sich einen Vorhang aus eisernen Stäben vor, wo man hindurchschlüpfen konnte, wenn man klein genug war. Deshalb versuchte Helena nach dem Tod des Vaters alles, um zum Eisernen Vorhang zu gelangen. Nach der Schule stieg sie einmal nicht in den Schulbus, sondern sie fragte unbekannte Menschen nach dem Weg. Sie wusste, dass der Ostblock hinter dem Eisernen Vorhang im Osten liegt. Sie versuchte sich an der Sonne zu orientieren, aber an dem Tag war es bewölkt.
Eine junge Frau versprach ihr, sie in den Osten zu bringen, stattdessen brachte sie Helena zur Polizei. Dort wurde Helena nach ihrem Namen gefragt, man fand ihre Mutter, die sie abholen kam. Die Schulleitung, die Mutter und die Lehrerin beschlossen, sie zum Psycho-

logen zu bringen, ein Mann mit seltsamem Bart, der sie heute an Lenin erinnern würde. Helena versuchte später trotzdem wieder zu den Großeltern zu kommen. Nach jedem Versuch wegzulaufen, schlug sie der Bruder mit der flachen Hand auf den Hinterkopf, weil er es nicht einsehen wollte, dass sie lieber allein zu unbekannten Großeltern wollte, als mit ihm und der Mutter in Österreich zu bleiben.

Im Topf fängt das Wasser zu kochen an. Sie schaltet den Herd zurück und wartet, bis es siedet, dann gibt sie Knödel für Knödel hinein. Neben der Biografie von Jan Palach liegt ein Buch des Vaters. Sie hat es dort hingelegt, weil sie wissen will, ob Janek es erkennt, wenn er in die Wohnung kommt. Gemeinsam mit der Mutter hat sie nach dem Fall des Eisernen Vorhangs die Schränke der Elternwohnung ausgeräumt und durfte mitnehmen, was sie haben wollte. In ihrem Schlafzimmer steht jetzt der Sessel, in dem der Vater abends gesessen ist.

Liest du wieder Kafka, fragte Helena, kurz bevor der Vater starb. Sie war von seinem Husten aufgewacht. Der Vater hatte Licht gemacht. Janek und Mutter schliefen auf dem Schrankbett. Vater saß in seinem Sessel, er war dünner geworden.
Kafka hat eigentlich auf Deutsch geschrieben, sagte Vater und formte für sie einen Rauchring, aber ich kann nicht gut genug Deutsch.
Liest du Kafka auf Tschechisch?
Ja, sagte der Vater und schwieg dann.
An was denkst du?

An den Mann auf dem Foto in der Küche und an den Prager Frühling. Schlaf jetzt weiter.

Auf dem Sessel in ihrem Schlafzimmer liegen jetzt ihr Rock und ihre Hose, sie setzt sich selten dorthin, um etwas zu lesen. Helena holt den Sessel aus dem Schlafzimmer und stellt ihn in die Küche. Er ist schwer, goldgrün, samten und abgewetzt. Die Holzlehnen sollten einmal abgeschliffen und geölt werden. Sie stellt ein Bild von Stalin und eins von Lenin auf den Sessel. Der Bruder soll den Sessel und die Bilder erkennen.

Den Bruder und die Mutter hätte sie zurückgelassen für ein Leben mit ihren Großeltern. Immer hatte sie sich selbst zu helfen und der Psychologe Lenin war dabei eine größere Hilfe als die eigene Mutter und Janek. Manchmal hatte sie sogar Angst vor Janek, wenn er vor ihr im Schulpark stand, groß und sehnig, wie der Vater, der aber nichts in den Armen gehabt hatte. Der Bruder hatte etwas in den Armen. Janek, beschwor sie sich, das ist nur Janek, dein Bruder, Janek, malý Janek. Mit vierzehn hatte sie genug. Sie stahl Geld aus der Spardose der Mutter und fuhr mit dem Bus ins Waldviertel. Das Umsteigen war mühsam und im letzten Bus stachen die durchgesessenen Sitze in den Rücken. Im Waldviertel war es kälter und dunkler. Sie fragte jeden, wo es zum Eisernen Vorhang geht, aber niemand gab Auskunft. Eine alte Frau, sie hieß Josefine, erbarmte sich, als es zu regnen anfing, und nahm sie mit zu sich nach Hause.
Josefine hatte schon viel erlebt und viel gesehen und auch sie hatte drüben Verwandte. Drüben sagte

sie, wenn sie vom Ort hinter dem Eisernen Vorhang sprach. Josefine fragte nicht, woher sie kam, aber wohin sie wollte und erklärte ihr, dass der Eiserne Vorhang sowohl in die eine als auch in die andere Richtung undurchlässig sei.

Sie sprach ein paar Fetzen Tschechisch und kochte Kartoffelknödel wie die Mutter. Das Haus war klein, die Decken waren niedrig. Den oberen Stock konnte man nicht heizen. Im Wohnzimmer lagen Bücher, in den Aschenbechern war die Asche warm. Helena blieb.

Sie schlief im Zimmer über der Küche. Untertags fütterte sie die Hennen, streichelte Josefines Hasen und brachte ihm Heu. So vergingen die Tage. Josefine kochte, arbeitete im Garten, sprach wenig. Am Abend saßen sie im Wohnzimmer vor dem Ofen und lasen. Josefine verschwand hinter dem Rauch ihrer Zigaretten. Helena las Kafka, die Knie angezogen, das Kinn darauf abgestützt, das Buch vor ihr auf dem Tisch. Sie las Kafka auf Deutsch. So saßen die beiden einige Abende schweigend zusammen. Eines Tages stand die Polizei vor Josefines Haus. Josefine wollte, dass Helena mit ihnen mitging, weil sie nicht ewig bei ihr bleiben konnte. Sie schenkte Helena das Buch, in dem sie gelesen hatte und winkte, bis Helena sie nicht mehr sehen konnte.

Die Polizei brachte sie wieder nach Hause. Die Mutter saß in der Küche und schaute Helena mit verweinten Augen an.

Dort ist es auch nicht besser, sagte die Mutter. Helena verschränkte die Arme und zog die Augenbrauen zusammen.

Du musst hierbleiben wie wir alle, sagte die Mutter

schließlich, stand auf, zog ihre Strickjacke enger um sich und drückte sich an Helena vorbei aus der Küche. Als der Bruder hörte, wie sie sich den Eisernen Vorhang vorgestellt hatte, lachte er sie bitter aus und erzählte es jedem in der Schule.

Als der Vorhang endlich fiel, formte Helena schon die schönsten Zöpfe.
An diesem Tag stand der Bruder in einem feierlichen Anzug – wer wusste schon wie und wo er diesen aufgetrieben hatte – in der Tür und sagte: Jetzt suchen wir sie.
Helena wollte nicht mehr fort und ging zur Mutter. Die Wohnung war leer. Die Mutter hatte sich nicht von ihr verabschiedet.
Lange Zeit erhielt sie keine Nachricht vom Bruder und der Mutter, bis ein altes sowjetisches Auto unten an der Straße stand und eine junge Frau bei ihr klingelte. Sie stellte sich als Cousine vor, wollte bei ihr einziehen und erzählte, dass Janek und die Mutter nur noch den alten Großvater und sie vorgefunden hatten. Alle anderen waren tot oder fort. Auch die Cousine wollte jetzt hier im Westen bleiben und Geld machen. Der Bruder sollte auf den Großvater aufpassen. Die Mutter suchte nach ihren Freunden in Prag.

Ein unvorsichtiger Mensch ist er, der große, rauchende Bruder, der jetzt in ihre Wohnung kommen wird, der Bruder, der noch einmal ums Leben kommen wird. Sie wird ihn auslachen, weil er so ein missglücktes Leben führt. Janek, wird sie zu ihm sagen, wie sie es früher getan hat, Janek, mein kleiner großer Bruder. In der

Schule bestand er immer auf seinen richtigen Namen: Jan, obwohl dort natürlich niemand wusste, dass Janek Janchen heißt.

Stalin ist ein Held, sagte der Bruder, als er mit dem Zug in die Stadt kam, um Helena zu besuchen. Stalin und Lenin seien große Führer gewesen, der Großvater müsse das ja wissen, er war dabei.
Weil ihr getrunken habt, sagte die Cousine, deshalb waren sie großartig.
Nein, widersprach der Bruder, weil es die Wahrheit ist.
Weil man ihm das Hirn gewaschen hat, sagte die Cousine, weil er immer allen Führern nachgelaufen ist.
Was weißt du davon?, rief er.
Ich weiß mehr als ihr, ich war da, während ihr im Westen ein schönes Leben hattet. Während es euch gut ging, musste ich mit dem Großvater und der Großmutter Nächte der Angst durchwachen und mir alle Geschichten anhören.
Nach diesem Streit stellte Helena zwei Porträts im gleichen Bilderrahmen mit dem Gesicht zur Wand auf. Erklär mir, sagte sie zum Bruder, einmal den Unterschied. Er fand keinen. Sie drehte die Bilder um und Stalin und Hitler standen nebeneinander an ihre Wand gelehnt. Helena fing zu lachen an, zuerst leise, zurückhaltend. Der Bruder ging fast auf sie los, er sah sie mit seinen roten Augen an, ballte die Fäuste, überlegte es sich aber anders und begann zu lachen. Kurz lachten sie gemeinsam, dann wurde der Bruder wieder ernst: Warum fährst du nicht einmal mit nach Tschechien und siehst selbst?

Die Semmeln sind zuerst weiß, dann werden sie gelb, goldgelb und schließlich braun. Zu riechen fangen sie ab dem goldenen Stadium an. Der Bruder liebt ihre Semmeln und wenn sie noch warm sind besonders. Der Bruder mit seinen roten Augen bekommt nicht viele warme Semmeln serviert, überhaupt nicht viel warmes Essen. Vielleicht begrüßt sie den Bruder heute mit einem Kuss auf die Wange, vielleicht stellt sie ihm Vaters Aschenbecher auf den Tisch. Vielleicht sollten sie gemeinsam die Verwandten und die Mutter in Tschechien besuchen. Helena könnte einmal in ein Auto steigen, einmal mit dem Bruder eine rauchen, einmal keine Angst haben. Aber wahrscheinlich geht der Bruder gleich wieder. Er wird in der Küche stehen und drei oder vier warme Semmeln essen, die sie ihm mit viel Butter bestreicht, damit sie nicht gleich schmilzt, und dann wird er schon wieder gehen wollen. Sie macht noch schnell Kartoffelknödel, wie die Mutter, dann bleibt er länger. Etwas Butter und Petersilie dazu, dann schmecken sie besonders gut.

Heute setzt sich der Bruder hin, er hat keine roten Augen und eine Frau dabei. Er trägt jetzt eine Brille. Zur Begrüßung hat er Helena kurz an sich gedrückt. Der Bruder beißt in seine Semmel, die Frau neben ihm gibt Salat auf ihren Teller und isst mit der Gabel.
Wie heißt du denn, fragt Helena.
Nadeschda kommt aus Russland, sagt Janek, sie versteht dich nicht. Wir fahren nach Tschechien, ich stell sie der Familie vor. Kommst du mit?
Helena beißt in eine Semmel, die Butter auf der Semmel hat den Teig golden gefärbt. Janek sieht den Ses-

sel von Vater, das Buch auf der Fensterbank. Er lächelt Helena an. Stalin war ein großer Mann, Helenka. Ja, sagt sie, 1 Meter 65.

Hans Warum

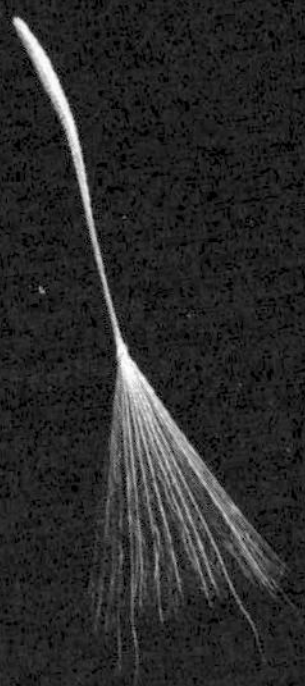

Hans Warum lebt im Gebirge. Sein Hinterkopf zeigt Richtung Norden. Er lebt am Südhang. Es ist ein sonniges Plätzchen, das Hans Warum hier besitzt. Er hat es sich nach langem Überlegen ausgesucht. Hier hat er nette Nachbarn. Seine Nachbarn kreischen nicht, sie schreien nicht, sie streiten nicht. Hans Warums Nachbarn sind perfekte Nachbarn. Nur manchmal hört er jemanden weinen.
Im Norden stehen Berge, die sieht er nie, Hans Warum kann sich nicht bewegen. Würde er etwas höher liegen, könnte er auf den kleinen See schauen, der vor ihm liegt. Er liebt seinen Wohnort. Hier braucht niemand viel Platz, alle sind sehr zurückhaltend.
Sein rechter Nachbar heißt Wassermann und ist Jude, der linke Nachbar heißt Brehm und ist Nazi. Hans Warum ist weder Nazi noch Jude.
Der rechte Nachbar, der Jude ist, ist arm, aber berühmt. Der linke Nachbar, der Nazi ist, ist reich und auch berühmt. Er schimpft über die Juden und ihren Reichtum. Der andere kann dazu nichts sagen, denn er fühlt sich nicht wie ein Jude. Außerdem ist er verarmt, als man seine Bücher verboten und verbrannt hat.

Hans Warum hat jetzt jede Menge Zeit. Die vertreibt er sich mit Liegen und Denken. Er sieht den Pflanzen zu, die im Frühling und im Sommer Wurzeln schlagen. Im Herbst sieht er den Eichhörnchen zu, wie sie ihre Nüsse vergraben, im Winter dem Frost und den Flocken, die seinen Garten weiß einhüllen.
Weiter vorne wohnt Preuß. Preuß war noch ein junger Kerl, als man ihn hierher brachte. Hans Warum mag den jungen Herrn, denn er bekommt oft Besuch

aus vielen Ländern. So hört er die unterschiedlichsten Sprachen. Er ist dann ganz still und lauscht den fremden Lauten. Er möchte auch viele Sprachen kennen und sprechen können.
Brehm sagt auch, dass Preuß ein guter Kerl ist. Einer, der noch auf körperliche Ertüchtigung schaut. Wassermann hält den Mund. Er hält immer den Mund, wenn von körperlicher Ertüchtigung und vom Deutschtum gesprochen wird.
Unter uns, hat er einmal in einer rauen Vollmondnacht von seinem Garten zu Hans Warum herüber geflüstert, kann ich gar nichts anfangen mit dem Judentum. Ich bin Deutscher. Ein deutscher Jude halt.
Hans Warum sagt nichts dazu, er lebt jetzt auf neutralem Boden. Preuß schweigt auch immer.
Hans Warum beobachtet genau, wer kommt und wer bleibt. Alle, die einmal hierherkommen, bleiben. Außer die Besucher. Sie bringen Rosen, Kränze oder Schleifen. Manche kommen wegen der schönen Gärten. Andere kommen wegen der Aussicht. Von hier hat man einen guten Blick über den See und die Berge. Zu Hans Warum kommt niemand. Sein Garten wird von der Gemeinde gepflegt.
Bei ihm bleibt nur manchmal ein Besucher zufällig stehen, liest das schöne Namensschild, nickt ihm zu, lächelt, sagt ein höfliches Grüß Gott und geht weiter. Hans Warum wünscht sich, auch einmal besucht zu werden, auch einmal reiche, berühmte oder sportliche Besucher empfangen zu können.
Hans Warum kennt die Besucher der anderen genau. Zu Wassermann kommen gebildete Leute, sie legen Steine in den Garten des berühmten Mannes. Manche

haben Bücher dabei und lesen darin. Sie kommen selten öfter als einmal.
Brehms Besucher stehen stramm und grüßen stramm. Sie wiederholen sich, kommen immer wieder. Wenn sie viele sind, gehen sie im Gleichschritt bis zu Brehms Garten. Dort schlagen sie ihre Füße aneinander und heben die rechte Hand. In Brehms Garten wird nie geweint. In Brehms Garten herrscht Ordnung. Hans Warum kennt die Geräusche, die Brehms Besucher machen. Die Festigkeit ihrer Schritte, die Grußformel, die Lieder, die sie singen.
Zu Preuß kommen die Besucher von weit her und doch kehren immer wieder dieselben Leute zurück. Sie haben Seile über die Schultern gelegt, tragen schwere Bergschuhe, ihre Schritte sind müde und an ihren Hosen hängen Hacken, die bei jeder Bewegung aneinander schlagen. Sie blicken sehnsüchtig vom Garten zu den Bergen hinaus, die den See umgeben.

Hans Warum möchte keine allzu gebildeten Besucher, keine allzu unauffälligen, keine allzu sportlichen. Er würde etwas Humor vertragen, er lebt in stiller und ernster, fast trauriger Umgebung. Er würde gern einfache Leute empfangen. Mit anständigen Meinungen, Menschen, die nie eine Waffe in der Hand gehalten haben und nie Geld mit Bergsteigen oder Schreiben verdient haben. Er würde sich gerne über seine Pflanzen unterhalten, darüber, wie warm der See ist oder was in der Welt passiert. Er würde sich nach den Büchern von Jakob Wassermann erkundigen und nach den Büchern von Bruno Brehm und Paul Preuß. Er möchte Besucher, die ihm zuhören. Hans Warum könnte viel erzählen. Aber Hans Warum hört immer nur zu. Niemand hört ihm zu.

Wassermann ist beschäftigt mit seinen Büchern, die verbrannt wurden, Brehm ist mit den Juden beschäftigt, Preuß ist mit seinen Bergen beschäftigt und die Besucher sind mit ihren berühmten Herren beschäftigt. Hans Warum ist einsam unter all den berühmten Herren. Unbewegt und still liegen Hans Warum und seine Nachbarn in ihren langen Reihen und sehen dem Leben zu. Ihre Köpfe sind auf Kissen gebetet, die Füße stecken in den besten Schuhen.

Auch wenn er jetzt schreien könnte, es würde ihm niemand zuhören. Alle sind zu sehr beschäftigt. Aber schreien können auch seine Nachbarn nicht mehr. Wassermann hat zu spät geschrien, Brehm hat sich ausgeschrien. Preuß hat geschrien, als es zu spät war, als er den Halt verlor und hinunterstürzte. Sie können auch nicht mehr streiten. Hans Warum und seine stillen Mitbewohner.

Er hat es versäumt zu schreien, in dem Dorf, in dem er aufgewachsen ist. Hat es versäumt, als er ein Junge war, hat es versäumt, als seine Eltern starben, hat es versäumt, als er ein Mann war, er hat im Krieg nicht geschrien und auch nicht danach, er hat es einfach versäumt. Sein ganzes Leben hat Hans Warum gespart, diesen Platz zu erhalten. Jetzt liegt er dort und wartet auf einen Zuhörer.

Derisch

Seit die Anni tot ist, treff ich mich mit der Aloisia. Die war mit dem Sepp verheiratet, aber der ist auch schon tot. Wir gehen essen oder spazieren. Seltsam ist das, wenn man an früher denkt. Da war das nicht vorstellbar, dass wir einmal miteinander …
Jetzt denk ich halt wieder öfter an den Sepp, wegen der Aloisia. Der war sechs oder sieben Jahre lang derisch. Im achtunddreißiger Jahr ist er taub geworden und war es bis fünfundvierzig.
Ja, das gibt's. Dass einer einfach so derisch wird. Reden hat der noch können, aber hören – nichts.

Das hab ich mir früher auch manchmal gewünscht, dass ich die Anni nicht mehr hören kann. Das war halt so, das hab ich mir schon bei Kleinigkeiten gewünscht. Zum Beispiel, wenn sie wieder mit den Bettseiten angefangen hat. Die Anni wollt immer wechseln, einmal so, einmal anders. Damit ist sie mir jede Woche gekommen. Ich wollt aber meine Seite behalten.

Mit der Aloisia gibt's keine Streitereien. Ich hol sie immer an der Bundesstraße ab und dann fahren wir auf den Mondseeberg oder nach Gmunden, irgendwohin, wo uns nicht alle gleich kennen. Dann reden wir über alles Mögliche, nur nicht über den Krieg oder die Partei oder über den Sepp. Über den am wenigsten. Nur über die Anni.

Vielleicht hätt ich das auch mal gebraucht in meinem Leben mit der Anni. Sie hat immer so anders gedacht als ich. Dass ich mal derisch werd, mein ich. Die Anni und ich haben immer alles von unterschiedlichen

Seiten betrachtet. Wenn die Anni geredet und geredet und geredet hat, dann wär mir das recht gewesen, wenn ich mal nichts mehr gehört hätt. Sie wollte immer alles bereden. Warum der Hubert so schlecht in der Schule ist oder warum der Hubert so dick ist. Aber was hätt's da zu reden gegeben? Geschmeckt hat's ihm halt und faul war er obendrein.
Viel ist mir nicht mehr von der Anni geblieben. Der Hubert hat ihre Augen und eine Bettjacke hab ich noch. Das kennen die Jungen gar nicht mehr, so überheizt wie's jetzt überall ist. Das waren gestrickte Jacken, die hat man sich angezogen, nur im Bett, sagt schon der Name, vorne offen, aber an den Armen und Schultern war's einem dann warm. Bettjacken kennt doch heute keiner mehr!

Die Aloisia und ich reden über ganz früher, über die Kinder oder über die Landwirtschaft, wie wir das damals gemacht haben oder über's Essen. Da kenn ich mich nämlich aus. Die Anni hat sehr gut kochen können und ich hab ihr in der Pension immer zugeschaut, wie sie das gemacht hat. Hier am Küchentisch bin ich dann gesessen und hab jede Bewegung von ihr verfolgt. Auch schon als Bub hab ich der Mutter zugesehen. Jetzt kann ich ganz gut mitreden bei der Kocherei. Wenn wir übers Kochen reden, dann schwebt auch nicht immer der Sepp über uns, wie das eine Schwert da.

Der Sepp ist Postler gewesen und sieben Jahre lang derisch. Das war sehr unpraktisch damals, für die Gestapo mein ich. Wenn der die Leute reden gehört hätt, als er die Todesnachrichten gebracht hat … Aber da hat man nichts machen können, für die Gestapo war er dadurch nutzlos, er hat nichts davon melden können. Zum Beispiel ob die Leute geschimpft haben, wenn diese Briefe gekommen sind. Solche Todesnachrichten sind damals viele gekommen. Von den Heimen und von der Front und von den Lagern. Der hätt viel erzählen können, wenn er die Leute schimpfen gehört hätt, überall ist der hingekommen als Postler.

Ich hab noch die rosarote Bettjacke von der Anni. Sie hat die immer selber gestrickt, dafür hat sie manchmal Zeit gehabt neben der Landwirtschaft und dem Haushalt. So viel Zeit gab's damals nicht für so was. Wir waren beschäftigt mit dem Heuen, den Viechern und dem Getreide. Das hat immer die Anni gedroschen, mit der Hand. Die Maschine haben wir erst später gekauft. Die Jungen haben auch keine Zeit mehr fürs Stricken, vielleicht wollen sie's auch nicht.

Die Aloisia und der Sepp haben auch eine kleine Landwirtschaft gehabt. Eine Kaffeekuh und ein Kalb, sagt die Aloisia heut, die haben auch versorgt werden müssen. Beim Sepp und der Aloisia war immer alles gut. Ich hab das schon zeitlich nicht geschafft. Der Sepp hat sich immer für alles Zeit genommen und trotzdem alles geschafft. Mich würd's ja schon interessieren, wie er das gemacht hat. Aber den Sepp werd ich nicht ins Spiel bringen. Der kommt mir der Aloisia gegenüber nicht über die Lippen. Wir haben das nicht geglaubt damals, ich mein, auch die Gestapo hat das natürlich nicht geglaubt mit dem Derischsein, weil er genau achtunddreißig derisch geworden ist. Sie haben ihn einmal getestet. Wir haben, also die haben gedacht, dass der nur so tut. Dass der schon was hört zu Hause. Aber auch dort haben die alles für ihn aufschreiben müssen.

Wenn ich's mir überleg, will ich so wie der Sepp sterben, also ich mein nicht, wie der Sepp gestorben ist, weil das weiß ich gar nicht mehr, wie er gestorben ist, sondern so wie der Sepp damals war. Ich glaub, ich würd gern derisch sterben.
Ich find schon, dass wir übers Sterben reden müssen. Dass es bei mir jetzt schnell gehen kann, so schnell wie bei der Anni, ist natürlich wahrscheinlicher wie bei den Jungen. Der Hubert redet nicht viel und die Susi will vom Sterben nichts wissen. Das Autofahren ist ja das einzig Ungesunde, sonst ist hier ja alles ganz gesund. Gesundes Essen, gesunde Einrichtung, gesundes Wasser, gesunde Kinder. Alles ganz gesund. Ein Bettjackerl wär auch schön, wenn ich wieder eins anhätt zum Sterben.

Der Sepp wurde von der Gestapo vorgeladen, was ja auch schon so eine Sache ist, bis Vöcklabruck hat er da fahren müssen, woanders hat's ja keine Gestapo gegeben, nur Spitzel. Dort sind sie aber ganz freundlich gewesen. Da hat er was zu essen bekommen und dann haben wir geredet. Das heißt, sie haben geschrieben und er hat geredet.
Was der sich wohl gedacht hat, als sie ihm das Essen hingestellt haben. Ich bin ja nicht drin gesessen in seinem Kopf, um zu sehen, was er gedacht hat. Vielleicht hat er sich gedacht, das Essen könnte vergiftet sein.

Bei mir ist alles entgiftet, was ich zu essen bekomm. Das sagt mir die Susi immer. Der Hubert sagt nichts dazu. Ich weiß nicht, ob er die Susi da so ernst nimmt mit ihrer Entgifterei. Sie stellt zum Beispiel das Glas mit seinem Aspirin auf eine Nummer, damit die Nummer das Gift wegnimmt und nur die nützlichen Stoffe drinbleiben. Erst dann darf er das Aspirin nehmen. Aber er ist ganz zufrieden mit ihr. Ich eigentlich auch, kochen kann sie schon fast so gut wie die Anni.

Der November, stell ich mir vor, wär eine schöne Zeit zum Sterben, dann wächst nix mehr auf den Feldern und die Bäume sind schon kahl. An manchen Tagen können wir nicht einmal das Nachbarhaus sehen, so eingehüllt sind wir hier im Nebel.
Ich sag zur Susi immer, dass wir mit unsrem Sterben genauso leben müssen wie mit unsrem Leben. Aber ich versteh schon, dass die Susi noch ein wenig länger leben will, wo die Kinder noch nicht so groß sind.

Am Schluss hat der Sepp sich schon umgedreht und ist zur Tür, da haben die einen Stoß Teller – das weiß ich halt – runterfallen lassen und der Sepp … keinen Muckser hat der getan, nicht einmal gezuckt hat er. Der ist einfach zur Tür raus. Damit war bewiesen, dass der Sepp derisch ist, bis fünfundvierzig.

Ein großer Nazi war ich ja nicht, aber allein die Uniformen! Dass da endlich wer gekommen ist, der aufgeräumt hat. Das hat mir schon gefallen. Den Hof hab ich aber nicht vernachlässigen können, deshalb bin ich so selten zu den Parteiversammlungen gegangen.

Der Sepp hat immer gesagt: Ihr müsst mit mir schreien, weil sonst hör ich nichts. Er hat das Ohr hingehalten und die Leute haben geschrien, aber er hat immer noch nichts verstanden. Dann haben sie eben mit dem Schreiben angefangen.

Die Susi redet nicht gern vom Sterben, aber von Bettjacken. Damit kann sie auch was anfangen. Wo ihr doch immer so kalt ist. Die von der Anni soll die Susi einmal bekommen, wenn ich sie nicht mehr brauch. Nicht dass ich sie anzieh, ist ja eine Frauenbettjacke, aber anschauen tu ich sie noch. Sie ist ganz genau gearbeitet, kein einziges Mal hat sie sich verstrickt. Oder wenigstens hat sie's dann immer ausgebessert.

Der Sepp ist zum Briefaustragen immer mit dem Rad gefahren. Bevor und nachdem er derisch gewesen ist und währenddem auch. Er hat alle gekannt, der hat immer für alle Zeit gehabt. Er hat nicht nur Briefe ausgetragen. Wenn einer krank war, hat er das gewusst, ist kurz in die Stube gegangen und hat nach ihm gesehen. Selbst von den Viechern hat er das gewusst und die Zwangsarbeiter, die dann überall waren, hat er auch immer freundlich gegrüßt. Ich hab ja nicht so viel Kontakt mit ihm gehabt, aber ich hab ihn beobachtet. Allein, wie der die Viecher umsorgt hat. Da einen Apfel in den Stall getragen und dort die Bürste vom Haken genommen. Das sind ja nur Viecher, hab ich mir immer gedacht, Viecher!
Und wie er derisch geworden ist, hat ja noch niemand wissen können, dass er es einmal nicht mehr sein wird. Ansonsten wär die ganze Geschichte anders für den

Sepp ausgegangen. Er hat nie was gesagt, wer ihn da bei der Gestapo verhört hat.

Wir haben zwar nicht miteinander geredet, wenn er die Post gebracht hat, aber ich hab schon gemerkt, wie glücklich der war, als der Krieg vorbei war und dass er wieder hören hat können. Er ist ganz leutselig geworden, aber lange war der dann nicht mehr Postler.

Viel später, da haben die Leute schon gar nicht mehr nach Nazis gesucht, gewusst ja, wer einer war, die Amerikaner waren schon weg, da hab ich ihn dann auch mal gefragt, ob er denn so gewesen ist, weil wir den Hitler gehabt haben. Da hat er nichts gesagt, nur, dass ich das doch wissen müsst. Das Gleiche hat er auch immer zur Aloisia gesagt.

Der Hitler war weg und der Sepp war immer noch taub. Das war ein Zufall. Ein Zufall muss das gewesen sein. Der war länger derisch als der Krieg, da bin ich mir sicher.
Die Amerikaner haben den Sepp dann zum Bürgermeister gemacht. Die haben jemanden gesucht, der kein Invalide, kein Mitglied in der Partei und zuverlässig war. Nicht weil er derisch war, haben sie ihn zum Bürgermeister gemacht, sondern weil er nach dem Krieg immer gegen die Nazis gewettert hat und davor auch, aber das können die Amerikaner ja nicht gewusst haben.

Jedenfalls hab ich ihn wegen dem Derischsein beneidet, manchmal, und sterben würd ich auch gern so.

Dann hört man nicht, was sie noch alle von einem wollen. Aber selber kann man noch sagen, was man will. Im November sterben, das wär mein Wunsch, wenn der Nebel kommt. Wenn man eine grauweiße Wand vor sich hat, sobald man aus dem Fenster schaut. Und in einer Bettjacke.

Das mit dem Sepp ist schon eine ungewöhnliche Geschichte, sagt die Susi immer. Das weiß ich selber. Ich hab den Sepp ja auch beobachtet, bevor er nach Vöcklabruck geladen wurde. Der hat wahrscheinlich wirklich sieben Jahre nichts gehört. In Vöcklabruck hat er's ja dann bewiesen. Aber die Susi und der Hubert, die glauben die Geschichte nicht. Das krieg ich schon mit. Ich bin noch nicht ganz verkalkt. Das liegt an dem gesunden Essen, meint die Susi, und früher, als wir noch fast alles selber hatten, war ja auch alles biologisch. Da muss ich ihr recht geben, auch wenn ich weiß, was für Spritzmittel wir genommen haben, damit das Getreide gut wächst.

Die Aloisia hat immer zum Sepp gehalten, das war bei der Anni und mir anders, deshalb mein ich ja, dass eigentlich ich hätt taub werden müssen. Jetzt ist die Aloisia allein, und ich auch. Wir treffen uns, aber ich glaub nicht, dass die Aloisia jemals so zu mir halten würd, wie sie das beim Sepp gemacht hat. Da liegen zu wenige gemeinsame Jahre vor und hinter uns. Die Tatsache, dass im Reich nicht alles gar so schlecht war, wie alle behaupten, das sieht die Aloisia sicher anders. Das hat ja auch die Anni nie so gesehen.

Die Susi stellt das immer ab, wenn ich damit anfang, mit dem Krieg, mein ich, und der Partei. Das will sie gar nicht hören und ich halt dann auch meinen Mund. Ich bin ja froh, dass ich nicht im Heim bin. Deshalb ist die Aloisia vielleicht auch nicht ganz so herzlich zu mir, wie sie das zum Sepp war. Außerdem sind wir auch schon alt und wir wollen nicht, dass da jemand was merkt.

Dass ich die Bettjacke von der Anni der Susi vererbe, steht schon fest. Wir haben ja nur den Hubert und er ist ganz glücklich mit ihr, soweit ich das sehen kann. Deshalb bekommt sie die Bettjacke. Nur was ich mit dem Abzeichen mach, weiß ich noch nicht. Am besten wär's gewesen, wenn ich dem Sepp das Abzeichen mit ins Grab gegeben hätt. Er war der Einzige, der das gewusst hat, aber heut … über solche Abzeichen freut sich heute ja keiner mehr.

Mir ist die Zunge so schwer

Ich greife nach den vertrockneten Blättern. Weiß ich noch, wie sie zu Hause hießen? Ich zupfe die welken Blätter von der Pflanze am Fensterbrett und gehe die Wege ab, die sie so oft gegangen ist. Von der Küche ins Bad, ins Wohnzimmer und wieder zurück. Vor dem Herd sind die Fliesen grau und abgetreten. Ich vergleiche die Kälte der Fensterbank mit meinem Gesicht. Der Wind heult durch das Haus.
Wie lange ich nicht mehr in der Heimat war, fragte mein Sohn gestern. Ein Kinderleben und das eines jungen Erwachsenen, bis man anfängt zu verstehen.

Nur ein paar Tage nach unserer Hochzeit mussten wir fort. Weil wir keine Koffer mitnehmen konnten, nahmen wir uns an der Hand.
Wir müssen uns neu verorten, sagte sie.
Wir haben unsere Kinder in einem fremden Land aufgezogen, unsere Sprache haben wir abgelegt wie einen Mantel, für einen Sommer verstaut und dann vergessen.

Hast du Angst vor dem Tod, hat mich mein Sohn gefragt, als seine Mutter aufgebahrt im Vorhaus lag, dort, wo der Wind durch alle Ritzen fährt. Wir haben ihr das blaue Kleid mit den weißen Blüten angezogen. So hat sie gewartet, bis die Totengräber kamen, um sie zu holen.
Wie oft war ich schon drauf und dran zu sterben, sagte ich, aber diesen Frühling zwitschern die Vögel so anders.
Weil's schon Herbst ist, antwortete er.

Jetzt suche ich noch einmal, ob ich etwas finden könnte auf dieser Welt, das mir Zuflucht gibt. Seit sie nicht mehr ist, hab ich den Klang unserer Sprache vergessen. Den Mantel unserer Sprache haben wir nicht mehr aus dem Schrank geholt, ich weiß nicht, wo wir ihn versteckt gehalten haben. Und als ich an ihrem Bett saß – es fiel mir nicht ein, was ich hätte erwidern können. Mir war die Zunge so schwer.

Während ich durch das Haus wandere – hier stehen noch ihre Hausschuhe, als wär sie nur kurz draußen, um Äpfel zu holen – höre ich keine Schritte mehr, keine Töpfe in der Küche klappern, keinen Bleistift, der das Kreuzworträtsel löst. Jetzt kann ich sie nicht mehr nach unseren Wörtern fragen. Ich habe vergessen, wie wir Mandeln nannten und Königskerzen. Öffne ich die Tür und geh hinaus, sehe ich nur den Mispelbaum, den wir gepflanzt haben, um hier wie die Heimischen zu werden, mit Mispeln im Garten. Noch hat er seine Blätter nicht verloren. Er steht aufrecht mit braunen Früchten und orangeroten Blättern und spendet Schatten, als hätte sich nichts geändert, als wäre das Wetter nicht so kühl und das Haus nicht so leer. Niemand wird dieses Jahr den Baum schütteln und die Früchte vom Boden aufheben.

Unseren Kindern sollte man nichts anmerken von ihrem Anderssein, so wie man es uns in der Heimat angemerkt hatte, in der Schule, auf den Ämtern, unter Fremden durften wir nicht unsere Sprache sprechen. Auch hier hatte man uns die Fremdheit angemerkt und wir hörten allmählich auf, in unserer Sprache zu sprechen, darüber, dass die Mandeln hier erst ankommen, wenn sie getrocknet und alt sind. Wir haben Rote Rüben und Mostäpfel statt Mandeln und Tomaten gepflanzt.

Im Sterben sagte sie *Kûlîlk.* In unserer Sprache. Ich habe ihre Stimme in unserer Sprache nicht mehr gehört, seit wir fortgingen. Die Koffer sind mir eingefallen, die wir dort ließen, und ihr Hochzeitskleid. Ob es noch einmal jemand getragen hat und getanzt damit? Nach ihrem Tod zog ich sie aus. Sie war immer noch schön. Ich suchte das Kleid mit den Blüten für sie und als die Kinder da waren, zogen wir sie an.

Unsere Kinder hielten es bald für eine geheime Sprache. Wir sprachen sie zwar nicht, aber manches Mal fiel uns ein Wort nicht ein – für die Milchflasche, für die Unbändigkeit der Kinder – und wir fanden den Fetzen eines anderen Wortes in unserem Kopf, aber verwendeten es nur, um den anderen nach dem richtigen zu fragen.

Im Haus ist es jetzt fast so kühl wie draußen beim Mispelbaum. Meine Füße sind schwer und kalt vom Herumgehen. Im Wohnzimmer vor dem Kachelofen ist der Holzboden grau geworden. Hier hat sie immer gestanden, um sich zu wärmen. Meine Zunge liegt mir wie ein Fremdkörper im Mund.

Als wir gingen, versuchten wir uns die Landschaft unserer Heimat einzuprägen. Die steinigen Hügel und das Meer, das wir sehen konnten, wenn wir auf den

höchsten Aussichtspunkt stiegen. Hier angekommen, fiel uns das Grün auf, saftiger und der Geruch intensiver. Nie zuvor haben wir Mispeln geschmeckt, nach der ersten Kälte geerntet, und nie mehr haben wir so gute Tomaten gegessen wie zu Hause.
Ein geblümtes Kleid trug sie, als wir ohne Koffer loszogen. Beim Ausräumen und Wegwerfen ihrer Sachen fanden wir es, wie den Mantel, im Sterben.

Nicht nur Sehnsucht hatten wir. Wir hatten auch ein Dach, zu essen und ein Radio, das uns jeden Morgen erzählte, was in der Welt geschah. Die Menschen zu Hause hatten jeden Tag weniger zu essen und keine Zeitungen, die von einer anderen Welt berichteten. In der Kirche baten wir Gott, er möge unserer Heimat gewogen sein und vergaßen uns fast im Beten.

Gestern brachte mein Sohn grüne Mandeln. In der Stadt kann man sie jetzt kaufen. Aber jede Erinnerung an die Zubereitung fehlt mir. Einlegen kann man sie oder isst man sie mit Salz? Ich suche in der Küche nach ihren Kochbüchern. Garten und Küche waren immer ihr Reich. Vielleicht hat sie gar keine Mandelrezepte aufgeschrieben? Wir haben Semmelknödel gegessen und sie hat Palatschinken gebraten und Buchteln geformt. Aber nie haben wir hier grüne Mandeln gehabt. Jetzt liegen sie auf dem schwarzen Tisch in ihrem grünen Netz und wissen so wenig wie ich, was ihnen geschieht.
Du bist mager geworden, sagte mein Sohn, seit Mutter tot ist, bist du dürr, und nichts ist mehr an dir.
Ich konnte nur zustimmend nicken.

Sie tanzte, das war eine Woche bevor wir gingen, in ihrem Hochzeitskleid einen Tanz für mich. Im Schlafzimmer, bevor wir uns ins Bett legten. Nur sieben Nächte schliefen wir in diesem Bett.

Die welken Blätter ihrer Topfpflanzen werfe ich vor die Tür und im Wind greife ich nach meinen Wangen, um zu sehen, wie kalt sie sind. Die ihren waren ein Leben lang rosig und gesund, auch als sie schon krank war. Wäre sie jetzt hier, sie wüsste noch die Wörter für Laub und Blätter, sie könnte die Mandeln zubereiten.

Trauerst du noch um Mutter, fragte mein Sohn.
Meine Zunge liegt mir am Gaumen und drückt auf die Zähne und jede ihrer Bewegungen kostet mich Überwindung in den letzten Wochen. Das Schlimmste ist, dass alles weitergehen wird, nur ohne mich. Als hätte sich nichts geändert.

Kûlîlk, sagte sie, *Blumen von zu Hause*. Sagte es in unserer Sprache, die wir ein halbes Leben lang vergessen hatten. Und ich wusste nicht, was erwidern und mit welcher Zunge.

Lass dir eine
Geschichte
erzählen

Hör zu, ich erzähl dir eine Geschichte, damit du sie aufhebst. Für diese Geschichte brauch ich eine Zunge und einen Mund, um damit Laute zu formen, Hände, um die Geschichte mit Gesten zu schmücken, ein Gesicht, um Gefühle zu zeigen. Du brauchst Ohren und Augen, um mir zu folgen.

Geschichten sind wie Vögel, es gibt tausende Arten und die meisten kennen die halbe Welt. Da gibt es Raben, die krächzen, sie sind Krähenvögel und Allesfresser. Es gibt Spatzen, die klein sind und nicht viel fressen. Und es gibt Eulen. Eulen sind groß, essen Fleisch und sind weise. Noch weiß ich nicht, ob meine Geschichte ein Rabe oder ein Spatz wird. Ich bin mir auch nicht mehr sicher, ob Geschichten überhaupt wie Vögel sind.

Aber so viel weiß ich jetzt schon: Von den Vögeln lernt man das Laufen und das Singen.

Pass auf, wenn ich dir eine Geschichte erzähl, es könnte eine meiner letzten sein. Nur von den Alten kann man lernen. Denn der Holunder blüht nur dann, wenn dich die Brennnesseln schon gestochen haben und die Kirschen dort oben kann ich dir nicht pflücken, keine Leiter reicht so hoch hinauf.

Kannst du dir das alles merken? Wirst du dich daran erinnern?

Mich wollten immer alle verwurzeln, das wird dir auch einmal so gehen und da ist es besser, du legst dich gleich fest und bleibst dabei, später hilft das sicher.

Tränen kannst du dir aufheben, sie könnten einmal wertvoll sein. Noch wissen wir nicht, ob ich aus meiner Geschichte einen Spatzen machen werde, der zwischen deinen Beinen die Krümel vom Brot aufpickt,

frech und schnell genug, um bei jeder deiner Bewegungen die Richtung zu wechseln. Wenn man eins von den Spatzen lernen will, dann ist es Raufen.
Oder vielleicht mach ich doch lieber einen Raben aus meiner Geschichte, der den Kopf schief legt, sich vor dich hinstellt und so schaut, dass du weißt: Jetzt solltest du ihm etwas hinwerfen von deinem Essen.

Gleich erzähl ich dir die Geschichte. Sie wird so verworren sein, wie es Schnüre manchmal sind, mit vielen kleinen Knoten dazwischen. Sie wird groß sein wie ein Überseedampfer, mit vielen Schlafkojen, rotgoldenen Zimmern in der ersten Klasse, einer Küche und Maschinenräumen. Vor den runden Fenstern drängen sich die Menschen und schauen auf das unendliche, blaue Meer.

Merk dir, zu mir brauchst du nie sagen: Schön, dass du noch da bist. Weil das kannst du nur so lange sagen, wie ich noch da bin. Vom Holler hab ich dir schon erzählt und von den Brennnesseln. Das Wachsen lernt man vom Holler und das Blühen von den Brennnesseln.

Ich erzähl dir eine Geschichte, aber noch weiß ich nicht, wohin sie uns trägt und ob überhaupt. Das ist wie mit einem Schiff. Manchmal geht es schnell und du weißt nicht, wo du dich hineinmanövriert hast.
Auch ein Schiff kann dich weit fortbringen und doch nur im Wasser bleiben. Aber wenn man eins von Schiffen lernen kann, dann ist es sicher das Schwimmen.

Die Geschichte erzähl ich dir schon noch, keine Sorge. Beim Zuhören muss man geduldig sein, besonders deshalb, weil ich noch nicht weiß, wie meine Geschichte wird. Sie soll zum Lachen und Weinen sein. Sie wird wie eine Maus sein, die sich unter Wurzeln, Ästen, Blättern und in Löchern versteckt. Vorsichtig schaut sie sich um, bevor sie ihr Versteck verlässt, und schnell läuft sie über den Boden.
Um dir die Geschichte zu erzählen, brauch ich meine Erinnerung. Sie könnte eine Eule sein, sie sitzt hoch oben und wartet auf die Nacht. Tagsüber macht sie nur ein Auge auf, um zu sehen, wer ihr nahekommt, aber in der Nacht wartet sie, bis die Mäuse über den Waldboden huschen. Lautlos gleitet sie hinab und greift zu mit ihren Klauen.

Wenn du ein Buch öffnest, kann es passieren, dass du Worte für dich darin findest. Dann verstehst du, wie meine Geschichte sein soll.

Ich hab dich schon gekannt, da hast du noch gar nicht gewusst, dass es mich gibt und das ist sehr schön, liebes Kind, vielleicht stehen deshalb diese Schuhe auf dem Tisch und vielleicht gibt es deshalb keine Raben mehr, die dich erschrecken, wenn sie über deinen Kopf hinwegfliegen und schreien. Nur das Sprechen können sie dir noch beibringen.

Ich erzähl dir die Geschichte. Zunge, Mund, Kehlkopf, Ohren, Augen, alles haben wir dafür, sogar Hände, um zu zeigen, wohin dich meine Geschichte bringen soll. Die Stimme, die lauter und leiser werden kann, schneller und langsamer. Ich will dir eine Geschichte erzählen, die noch keiner gehört hat.

Wegen den Schuhen auf meinem Tisch, das war so: Einmal ist einer ins Wirtshaus gekommen und hat seine Schuhe auf den Tisch gestellt und darunter hat er nichts angehabt, keine Socken, nichts, da hab ich gewusst, was das für einer ist, da hab ich verstanden, welche Wurzeln ich hab.

Auch Schnüre sind wie Geschichten, wie Schiffe und Vögel. Manchmal findest du bei einer Schnur keinen Anfang, aber das ist nicht schlimm, da kann das Ende nicht mehr weit sein. Weißt du noch, von welchen Vögeln ich gesprochen hab? Fast hätt auch ich es vergessen. Zwei Singvögel und ein Raubvogel waren's, ein Spatz, ein Rabe, ein Adler. Oder waren es Eulen? Eulen sind auch Räuber und werfen Junge aus dem Nest, wenn es zu viele sind, hast du das gewusst?
Jetzt weißt du's: Besser ist's, wenn du keine Geschichte mit Vögeln anfängst, das führt immer zu weit, keine Schiffe und keine Vögel, damit hat das Übel schon immer angefangen.

Beim Erzählen musst du immer die Schuhe deiner Zuhörer im Blick haben. Zeigen die Schuhspitzen oder Zehen in deine Richtung, dann hast du die volle Aufmerksamkeit. Daran erinnere ich mich ganz sicher. Der eine, der seine Schuhe auf den Wirtshaustisch gestellt hat, hat sie mir für eine warme Suppe gegeben. Die Schuhe sind alt und löchrig, die Sohlen abgelaufen.

Lass dir also diese Geschichte erzählen und hör zu, das ist wie ein Sommergewitter, es kommt über dich und bläst dir die kalte Luft ins Gesicht.

Mein Kind, nicht immer hat es mich gegeben und ich weiß nicht alles, auch wenn du mich vieles fragen kannst. Irgendwo hört meine Erinnerung auf und beginnt zu verschwimmen, gerade so, als würdest du unter Wasser die Augen öffnen. So trüb wie der Blick und so dumpf wie das Gehör ist die Erinnerung. Lass ich dich eine Geschichte erzählen, wirst du das sicher merken.

Pass auf, wenn ich dir eine Geschichte erzähl, nicht weil es meine letzte ist, sondern weil du immer die Schuhe im Blick haben musst, von jedem Menschen, dem du begegnest. Die besten sind die, die keine anhaben, das lass dir gesagt sein.
Nun kriech ich unter den Tisch, auch wenn ich dort nicht mehr verwurzelt werd, aber glaub mir, nur so lassen sich die Spatzen beobachten. Und wenn du auf einen Baum kletterst, dann denk immer daran. Das Fallen lernst du nur von den Bäumen.

Kalbin

Als Kinder haben wir Lehm und Kalk von der Hausmauer gebissen. Ich kann mich noch an den Geschmack erinnern, der Mund trocken und bröselig danach.
Ich weiß noch, wie es war, wenn Vater und Großvater die Kälber aus den Kühen zogen, wir durften nicht dabei sein, schauten aber durch die Spalten im Holz. Als Kinder wurden wir hinausgeschickt, wenn die Erwachsenen übers Gebären oder übers Sterben sprachen. Wenn sie uns nicht loswurden, hieß es: »Da sind Schindeln auf dem Dach« und »Im Keller brennt noch ein Licht«. Aber die Kühe hörten wir schreien und konnten zum Stall laufen, wenn sie kalbten. Manchmal mussten Vater und Großvater dafür in der Nacht aufstehen. Ich lief barfuß über den Hof zum Stall hinüber, zwischen den Zehen Gras und Tau, und schaute ihnen durch die Astlöcher zu. Die Petroleumlampe roch bis zu mir.
Meine Kinder wurden auch nicht immer zur rechten Tageszeit geboren, nachts musste ich aufstehen oder die Kartoffeln waren nur halb geschält fürs Püree. Wenn die Kleinen dann da waren, waren mir an manchen Tagen die anderen zu viel. Ich schickte die Kinder in den Hof und riet ihnen, leise zu sein, sie sollten dem Gras beim Wachsen zuhören. So hatte es der Großvater einmal zu mir gesagt.
Hörst du das Gras wachsen, fragte mich mein Großvater, als ich wieder hinausgeschickt worden war. Immer wünschte ich's mir, endlich einmal das Gras wachsen zu hören, endlich einmal so eine Ruhe zu haben, um das zu hören.
Oft denk ich noch an meinen Großvater, der immer für uns Zeit hatte, an sein hinkendes Bein. Zum Bach

durften wir nur mit ihm. Er kannte jede Kuh, wusste die Namen und erinnerte sich noch an die anderen, die es alle schon lang nicht mehr gab. Wir sahen ihm zu, wenn er sie striegelte. Nur zu einer durften wir nicht, sie vertrug keine Kinder. Sie hatte noch nie gekalbt und stand trotzdem im Stall bei den anderen. Sie war seine liebste.

Wenn der Tierarzt zu den Eltern kam, nachdem er das Pferd, die Kühe und Schweine angesehen hatte, ging er vom Stall in den Hof und untersuchte die Wände nach unseren Fingerspuren, nach unseren Bissen. Dann ließ der Tierarzt auf dem Küchentisch Tabletten für uns Kinder liegen, die meine Mutter im Wasser auflöste, dabei seufzte, uns zu trinken gab. Vater am Küchentisch, der dabei immer scherzte, dass das Zeug eigentlich für die Viecher sei. Unsere Kinderfinger sollten sich endlich nicht mehr in die Wand bohren und abgeschleckt werden, unsere Zähne sollten sich nicht mehr in die Mauer graben.

Mühsam, die vielen Kinder, das Heu von der Wiese holen und immer kochen für alle, nachdem die Schwiegermutter endlich gestorben war. Sie hat es mir nicht leicht gemacht, trotzdem hab ich an ihrem Grab geweint, weil ich niemanden mehr zum Kochen hatte. Und jedes Jahr, wenn ich mich freute und Hans bemerkte, dass mein Bauch schwoll, sein: Was soll's? Und im Bett dann am Abend seine Hand auf meinem Bauch. Wie ich dann immer ein paar Tage später den Arzt kommen ließ und auf dem Bett lag, ihn erwartungsvoll anschaute, ob unsere Vermutung wieder stimmte, halb fürchtend, halb hoffend, dass sie nicht wahr war.

Der Schnurrbart des Arztes, der mich zum Lachen brachte, das ich mir verkneifen musste. Der Schnurrbart wurde immer dünner und eines Tages kam der Arzt nicht mehr, er hatte das Zeitliche gesegnet. Dieser Menschenarzt hatte mich immer so besorgt angesehen und nach dem vierten Kind jedes Mal gefragt: Wie oft denn noch?
Nach dem dritten Kind hatte er vorgeschlagen, dass mein Mann früh genug aufhören solle, aber auch das half nichts und dann meinte er, wir sollten uns fernbleiben. Eine andere Lösung hatte er nicht.
Irgendwann, beim Achten oder Neunten, ging ich zum Pfarrer und fragte, was ich denn tun solle, es seien ja jetzt schon viele. Der Pfarrer sagte: Lass die Finger von deinem Mann und er von dir, das ist alles. Am Abend erzählte ich es Hans. Wir lagen im Bett, mein Bauch und meine Brüste: ein Berg mit zwei Hügeln. Hans hörte zuerst ganz ernst zu und lachte dann darüber. Am nächsten Tag kaufte er mir ein neues Nachthemd, durchsichtig, so dünn war der Stoff, und über der Brust rot bestickt, weit genug für meinen Bauch und trotzdem nur ein Hauch Stoff. Wie soll das denn gehen?, fragte Hans mich im Bett, uns nicht mehr anzurühren? Ich sagte: Was weiß denn ein Pfarrer davon?
Erst später erzählte mir eine von Kondomen, da hatten sie mir schon die Gebärmutter genommen. Einen Waschlappen würd ich dem Pfarrer und den Ärzten noch heute ins Gesicht werfen.

Und Hans, wenn ich ihn frag: Ist das gut, was ich anhab, geht das? Immer noch sagt er: Nackt gefällst du mir besser.

Sie entnahmen mir meine Gebärmutter, aber auch das ist schon so lange her, dass es nicht mehr wahr ist.

Mein Großvater, der uns nach dem Kalben einer Kuh erzählte, er hätte das Kalb mit dem Vater aus dem Bach gezogen und wie ich ihm als Kind sagte, dass ich ihnen zuschaute, durch die Spalten im Holz. Ich fragte ihn, wie die Kälber in die Kühe kommen. Der Großvater stand lang noch am Fenster und gab mir keine Antwort auf meine Frage.
Als ich älter wurde, schaute ich ihnen zu, wenn sie eine Kalbin zum Nachbarstier trieben. Ich lief im Gebüsch mit, schlich mich an den Stall, auch beim Nachbarn gab es Spalten im Holz, ich sah den Stier auf der Kuh und hörte ihn brüllen. Ab da wusste ich, woher die Kälber kamen. Ich hoffte immer noch, einmal das Gras wachsen zu hören.

Eines Tages kam eine, die wollte ein oder zwei Kinder von uns haben, weil wir ja so viele hatten, ein oder zwei, und genug zu essen hätten sie dann bei ihr.
Wir standen vor dem Haus, ich hatte getrockneten Teig zwischen den Fingern und wir hörten die Kinder im Hof schreien. Das Kleinste hielt sich an meinem Rock fest und versteckte sich hinter mir.
Ich schickte die Frau fort, strich dem Kleinen über den Schopf und ging die Kühe melken. Am nächsten Tag ging Hans zur Post und fragte nach Arbeit. Ich hatte ihm gesagt, dass ich schon wieder in der Hoffnung sei.

Großvaters liebste Kuh hätt ich gern zu seinem Begräbnis mitgenommen. Wenn ich in den Stall kam, sah sie

sich immer um, als warte sie darauf, dass auch er endlich wieder zur Tür hereinkommt und ihr im Vorbeigehen auf den Rücken klopft.
Als der Großvater schon lange tot war, lag ich einmal im Gras, was weiß Gott nicht oft vorkam in meinem Leben. Kurz vor dem Einschlafen war ich und da hörte ich etwas, es war wie *plopp* und neben mir stand plötzlich ein Grashalm, doppelt so groß wie zuvor.

Sie entnahmen mir die Gebärmutter und die Eierstöcke beim letzten Kind. Wir hatten einen Kaiserschnitt vereinbart, wegen dem Alter, hatten sie gesagt. Erst später sagten sie mir, dass sie auch noch das andere entfernt hatten.
Nie mehr ging ich danach zu einem Arzt.
Zu der Zeit, als sie mir die Gebärmutter genommen hatten, kamen meine ältesten Töchter zu mir, voller Angst, sie bluteten unten heraus, da gab ich ihnen, was sie brauchten, und sagte: Ab jetzt kannst schwanger werden. Mehr brachte ich nicht heraus. Da konnte ich nicht anders, als so wortkarg zu werden wie die Erwachsenen meiner Kindheit.
Nach diesem Kaiserschnitt bin ich einmal hinaus in den Hof gegangen und sah, wie eines der Kinder von der Hausmauer abbiss. Kalk und Lehm. Ich packte es bei der Hand, schimpfte und schrie es an. Da war ich wie meine Mutter. Ich erinnerte mich, wie meine Eltern damals im Hof standen, wenn alles getan war, wie sie mit Kalk und Lehm unsere Finger- und Beißspuren ausbesserten. Deshalb packte ich jetzt mein Kind so fest und schrie: Wie viel Arbeit das verursacht, was es da tut!

Mein Vater stand in der Tür, sah mir zu, wie ich schrie: Was das kostet! Er sagte: Du bist schwanger. Und plötzlich wurde ich ruhig, sah ihn an und wusste nicht, was ich ihm sagen konnte, dass das nicht mehr ging, nie mehr. Also sagte ich: Da sind Schindeln aufm Dach. Und wie ich dann wütend wurde, auf den Arzt, der das gemacht hatte, und wie ich meinen Vater anschrie.

Meinen Töchtern erzählten wir nicht mehr von Kälbern aus Bächen, aber wenn sie so vor mir standen, mit ihrer Angst, dann konnte ich ihnen doch nicht sagen, wie das mit dem Schwangerwerden geht. Jedes Mal gab ich ihnen nur, was sie brauchten, und sagte: Ab jetzt kannst schwanger werden, das kommt jetzt öfter.
Als ich aufgewacht bin nach dem Kaiserschnitt, sagten die Ärzte zu mir: Jetzt ist alles gut, jetzt können Sie keine Kinder mehr bekommen.

Plopp machte es neben mir, das Gras hatte ich wachsen hören, da war Großvater schon lang tot, ich sah ihn immer noch hinkend in den Stall gehen, wenn eine Kuh schrie und kalbte. Nie hatte ich verstanden, warum die Männer zu den Kühen gingen. Wenn wir Frauen ein Kind bekamen, durften sie erst nach der Geburt hinein, wir waren mit der groben Frau allein. Aber im Krankenhaus stand dann ein Mann vor mir. Er machte den Kaiserschnitt und entnahm mir Gebärmutter und Eierstöcke. Niemand hatte mich gefragt.
So lang ist's her, dass es schon nimmer wahr ist.
Und Hans, immer, wenn ich ihn frag: Ist das gut, was ich anhab, geht das? Immer noch sagt er: Nackt gefällst du mir am besten!

Im Keller brennt ein *Licht*

Das Kind steht auf der Brücke am Geländer. Noch ist es nicht so groß, dass es drüberschauen kann. Das Kind muss noch zwischen dem Geländer durchschauen und die Hände kann es noch nicht auf das Geländer stützen, sondern hält sich damit links und rechts an den Streben fest. Zwischen den Streben steckt es den Kopf durch.

Die Erwachsenen sprechen wieder über etwas, was Marianne nicht hören soll, sie glauben, dass das Kind von den vorbeifahrenden Zügen abgelenkt ist.

Immer sind es die gleichen Geschichten, die das Kind nicht hören soll, und Marianne macht brav mit, spielt das nichts ahnende, nicht lauschende Kind, weil sie Angst davor hat, die schrecklichen und erwachsenen Geschichten nicht mehr zu erfahren, wenn sie zeigt, dass sie sehr wohl hinhört.

So kann das Kind nicht fragen und auch nicht von der Angst erzählen, die es bekommt bei diesen Geschichten. Es sperrt die Ohren noch weiter auf und konzentriert sich auf das Geländer der Brücke. Die Züge fahren vorbei, von den Geschichten ungerührt, wie die Wörter der Erwachsenen ungerührt sind.

Der war einer von denen, sagt die Mutter. Der hat dort oben im Turm Wache gehalten nach seiner Verletzung an der Front, aber er war wenigstens einer von denen, die das Brot genommen und den Häftlingen gegeben haben.

Manchmal riech ich es, sagt die andere Frau, als würden sie heut noch verbrennen. Ich bild mir ein, sie gehen noch immer mit ihren Holzschuhen am Haus vorbei, klack, klack, klack. Einmal im Winter hat ein KZler seinen Holzschuh vor mir verloren. Darunter

hat er nichts angehabt, keine Strümpfe. Ich wollt ihm den Schuh wiedergeben. Sie haben ihn einfach vor mir erschossen.
Bei uns haben sie die Blätter von den Obstbäumen gegessen, so hungrig waren sie, erzählt die Mutter.
So reden die Erwachsenen und das Kind wünscht sich auch endlich erwachsen zu sein, dass es mithören und so wie die Erwachsenen reagieren darf. Sie stehen da, schauen ernst und wissen noch mehr als das, was gesagt wurde.
Was soll man machen, sagen sie, weitergelebt werden muss, sagen sie und: Jetzt geht es uns ja wieder besser. Das Kind würde gerne wissen, ob es KZs immer noch gibt, ob es noch immer so hungrige Menschen gibt, die Blätter von den Bäumen essen. Ob das satt macht?

Die Mutter liest dem Kind ein Märchen vor. Das Märchen heißt »Das kleine Mädchen mit den Schwefelhölzern«. Das Mädchen verkauft Streichhölzer, es gibt sein letztes Hemd an ein armes Kind und am Ende stirbt es. Es schläft ein, heißt es. Das Kind weiß, was die Erwachsenen meinen, wenn jemand einschläft. Bei anderen war das auch schon so, die sind erstickt und dann hört man nichts mehr von ihnen. Genauso ist das jetzt mit dem Mädchen, man hört nie mehr davon. Das Kind will wissen, wie man stirbt, wenn man erfriert und die Mutter sagt: Man schläft ein. Das Kind sagt: Ja, aber erstickt man, weil es so kalt ist oder verblutet man, wie stirbt man denn?
Einschlafen tut man, sagt die Mutter. Da reißt die Marianne das Märchenbuch aus den Händen der Mutter und wirft es gegen die Wand: Wenn ihr mir nicht

endlich die Wahrheit sagt, wie das mit dem Sterben ist, dann lest mir keine Märchen mehr vor, lest mir überhaupt nichts mehr vor und erzählt nicht die ganze Zeit diese Geschichten. Ich hasse eure KZs, schreit Marianne und läuft hinaus.
Am Abend legt sich die Mutter zu ihr und wartet, bis Marianne eingeschlafen ist. Ein paar Stunden später sitzt das Kind aufrecht und schreiend im Bett. Marianne steigt aus dem Bett und läuft mit ihren nackten Füßen ins Schlafzimmer der Eltern.
Vielleicht wegen dem Märchen, sagt die Mutter.
Ist auch kein Märchen für Kinder, sagt der Vater.
Ob's nicht doch was gehört hat, da auf der Brücke, was nichts für Kinder war? Die Eltern nehmen das Kind in die Mitte. Jetzt endlich traut es sich zu fragen, ob's noch Menschen gibt, die im KZ eingesperrt sind und verhungern müssen. Der Vater dreht die Frage ab mit einem: Hat's nie gegeben und was soll das denn sein, ein KZ? Er wartet keine Antwort ab, sondern dreht sich weg. Die Mutter seufzt, Marianne stellt sich schlafend.
Was habt ihr denn geredet dort auf der Brücke?
Vom Verhungern war dort nicht die Rede. Was machen wir denn jetzt?
Das sind keine Sachen, die Kinder wissen sollten.
Dann ist es still im Schlafzimmer. Schließlich sagt der Vater: Vielleicht halten wir sie auch von Märchen fern, da wird auch so viel umgebracht.
Die Mutter holt das Kind näher zu sich. Etwas später wird die Atmung der Eltern gleichmäßig und ruhig.

Auch der Vater schreit manchmal in der Nacht und wacht von seinen schlimmen Träumen auf. Mit sei-

nen Schreien weckt er sogar die anderen im Haus. Manchmal kommt der Josef, ein sehr alter Mann, und sie machen die Tür in der Stube zu und sprechen miteinander. Niemand sonst darf dann in die Stube gehen. Ihre Gespräche sind nichts für Kinderohren. Der Josef hat zum Vater schon öfter gesagt, dass er drüber reden muss, dann wird das besser mit den Träumen. Als sie hört, dass der Josef kommt, kriecht die Marianne schon Stunden vorher unter die Eckbank und wartet, damit sie hören kann, worüber sie sprechen. Die Geschwister suchen die Marianne schon, rufen nach ihr und auch die Mutter und der Vater fangen damit an.
Marianne hat sich das Stuwwelpeterbuch und die Puppe mit unter den Tisch genommen, trotzdem dauert es sehr lang, bis endlich die Joseffüße zum Vorschein kommen. Der Vater sagt: Heute geht's nicht, Josef. Seit zwei Stunden suchen wir die Marianne. Dass sie uns ja nicht in den Bach gefallen ist!
Die Stimme des Vaters ist so besorgt, dass Marianne nicht mehr wartet, was der Josef erwidert. Sie schlüpft unter der Bank hervor, stößt sich den Kopf am Tisch, rutscht auf den Knien zwischen den Tisch- und Sesselbeinen hindurch und ruft: Hier bin ich, Vater, nicht im Bach!
So einen Schrecken hat uns die Marianne eingejagt, erzählen die Erwachsenen noch Tage später, dabei ist sie nur unter der Eckbank gesessen!

Der Vater muss eine Sau wiegen lassen. Das Kind darf mit dem Vater auf dem Traktor mitfahren. Es sitzt über dem linken, großen Rad, dort, wo sonst immer die Mutter mit dem Jüngsten auf dem Schoß sitzt. Der Vater hat der Marianne zweimal gesagt, dass sie sich festhalten muss, um nicht hinunterzufallen. Der Wind bläst in das Kopftuch, das die Mutter ihr umgebunden hat. Die Hände von ihr sind fast so kalt wie die Metallstange, an die sie sich mit beiden Händen klammert.

Die Frau mit der Waage kann der Vater nicht leiden. Die Großmutter sagt, der Vater kann die Leute nicht leiden, die für den Hitler gewesen sind. Er grüßt und versucht, die Sau mit einem Apfel vom Anhänger herunterzulocken.

Die Frau trägt eine schöne Kette um den Hals, so eine hat Marianne noch nie gesehen. Sie hat in der Mitte einen blauen Stein, links und rechts neben dem Stein einen Schmetterling. Ein dickes, goldenes Band hält die Kette um den Hals der Frau.

Der Vater sagt nichts, aber die Frau mit der Waage redet mit ihm, sagt, dass man die Flüchtlinge ins KZ sperren sollte. Hast gesehen, wie dreckig die Kinder von denen sind? Die würd ich nicht mit meinen spielen lassen. Was müssen denn die überhaupt in die gleiche Schule wie unsere gehen?

Marianne gräbt ihre kalten Hände tiefer in die Schürzentasche.

Deine Frau hat übrigens Brot hinaufgebracht, als du an der Front warst, zum Lager und sogar Strümpfe, ich hab sie gesehen. Nur deinetwegen hab ich sie nicht angezeigt, sagt die Frau, als die Sau endlich auf der Waage steht.

Der Vater hebt die Marianne auf den Traktor. Sein Gesicht ist rot geworden, die Lippen schmal. So sieht der Vater aus, wenn er wütend ist.

Weißt was, sagt er, ich möcht wissen, ob der Schmuck von dir einmal einer anderen gehört hat und ob die auch durch den Rauchfang gegangen ist.
Dann steigt der Vater auf und sie fahren ohne der Sau fort.
Ihr Mann ist im Krieg geblieben, sagt der Vater, aber die alte Bissgurn kommt auch so durch.

Das Kind braucht neue Schuhe, sagt die Großmutter zur Mutter. Marianne sagt, dass sie keine Holzschuhe haben möchte. Sie hat zwar noch nicht viele Menschen in Holzschuhen gesehen, schon gar nicht im Winter, aber sie hat trotzdem Angst davor. Mariannes Schuhe sind aus Leder oder Stoff. Im Winter werden ihre Füße nass, selbst in ihren hohen Winterstiefeln. Wenn man Holzschuhe anhat, denkt Marianne, werden die Füße vielleicht nicht nass. Aber ohne Strümpfe sind sie sicher kalt. Der Struwwelpeter hat Holzschuhe an und auch Max und Moritz. Wenn sie im Schnee laufen, dann rinnt ihnen sicher der Schnee oben hinein und schmilzt.

Das Kind bekommt rote Schuhe, die es nicht anziehen mag, weil es jetzt überhaupt nichts mehr anzieht, was andere schon getragen haben. Es kann sich nämlich nicht sicher sein, woher diese alten Kleider kommen. Das Kind wird immer störrischer, sagen die Eltern. Nachts hilft das Trösten nicht mehr und untertags spielt Marianne mit den Puppen. Sie streicht ihnen über den Kopf und sagt: Es gibt niemanden, der Hunger und Holzschuhe hat.
Der Kaplan kommt und spricht mit den Eltern über das störrische Kind. Wieder darf Marianne nicht dabei

sein, es wird nur über Marianne, über den Krieg, über KZs und die verhungerten Menschen, nur über Gott gesprochen, aber nie wird mit ihr gesprochen. Sie öffnet die Tür zur Stube, aber die Erwachsenen verstummen sofort.

Setz dich doch zu uns, sagt der Kaplan. Marianne setzt sich auf den Stuhl zwischen den Eltern. Die rot beschuhten Füße baumeln vom Sessel herab. Wenn das Kind ganz nach vorne rutscht, können die Füße schon fast den Boden berühren.

Du träumst viel und weinst oft, sagen deine Eltern.

Wer träumt denn nicht viel, will sie sagen, es geht ja darum, dass sie nicht gut träumt. Aber es ist der Kaplan, der da vor der Marianne sitzt. Selbst die Großmutter hat Respekt vor ihm, deshalb nickt Marianne.

Für das, was man in der Nacht träumt, sagt der Kaplan, kann man nichts, da musst du dich nicht schämen. Angst haben ist auch nicht schlimm, ich hab auch manchmal Angst.

Das Kind schaut sich den Kaplan näher an. Der ist eigentlich noch jung, so jung wie der Onkel, der bald heiraten wird. Der Kaplan schaut das Kind freundlich und interessiert an. Warst du auch im Krieg, fragt Marianne. Die Mutter seufzt und der Vater sagt: Das geht dich überhaupt nichts an. Der Kaplan hebt beschwichtigend die Hand: Nein, zum Glück nicht. Jetzt ist der Krieg ja auch vorbei, warum interessiert dich das?

Am liebsten möchte es sagen: Weil die Großen ständig vom Krieg reden, aber niemand mir etwas davon sagt und weil ja alle aus dem Krieg kommen, aber alle so tun, als hätte es ihn nie gegeben. Und mit Gott, möchte Marianne sagen, ist es genau umgekehrt:

Niemand weiß wirklich etwas, aber alle reden ständig von ihm. Wegen der Eltern zuckt Marianne nur mit den Schultern und schaut auf ihre Hände, die sie faltet und in den Schoß legt.

Marianne hilft der Großmutter im Garten. Sie rupft das Unkraut in der gleichen gebückten Haltung. Der Hintern steht in die Höhe und der betuchte Kopf berührt fast die Erde. Die Großmutter weiß, dass man sich auf das Kind verlassen kann. Es rupft nur das Unkraut aus, die brauchbaren Pflänzchen kann es schon von den anderen unterscheiden und lässt sie stehen.
Gehst du wieder einmal beichten, fragt Marianne.
Naja. Die Großmutter richtet sich auf. Sie hat weiße Haare unter ihrem Kopftuch und ist schon so alt, dass Marianne immer die Zahl vergisst.
Wenn du gehst, könntest du mich mitnehmen?
Die Großmutter bückt sich wieder und rupft weiter. Das können wir schon machen.

An einem Abend, als alle in der Küche sitzen und schon gebetet haben, das Brot ausgeteilt und das Schmalz draufgeschmiert wird, räuspert sich die Großmutter: Morgen geh ich mit der Marianne in die Kirche, zum Beichten, dann kauf ich mir neue Strümpfe für die Hochzeit.
Sie schaut die Marianne feierlich an. Der Vater schaut von der Großmutter zum Kind und wieder zurück. Marianne fühlt sich um einen Meter größer, weil die Großmutter ihr das alles zutraut. Den weiten Weg in den Ort, das Stillsitzen in der Kirche und den weiten Weg wieder zurück.

Gut, sagt der Vater.
Naja, sagt die Mutter, das ist schon ein gewaltiges Stück und ob Marianne so lange ruhig sein kann?
Das tut ihr sicher gut, vielleicht schläft sie dann wieder besser.
Die Marianne strahlt.

In der Kirche ist es kalt und die Füße schmerzen vom weiten Weg, aber sie hat es geschafft. Nach der Messe setzt sich die Großmutter in den Beichtstuhl, wo der Pfarrer auf sie wartet. Der Kaplan setzt sich neben Marianne in die Kirchenbank. Ich pass solange auf, hat er zur Großmutter gesagt.
Jetzt schauen sie beide auf den Altar und der Kaplan wartet, bis Marianne etwas sagt. Die Wörter wollen aber nicht aus dem Mund und so sitzen die beiden schweigend. Nur das Geflüster der Großmutter aus dem Beichtstuhl ist zu hören.
Na, sagt der Kaplan endlich, hast du noch Angst?
Marianne nickt.
Weißt du, sagt er, es ist normal, dass man schlecht träumt und Angst hat. Wieder nickt Marianne. Sie schaut zum Kaplan hinauf. Der ist wirklich so alt wie der Onkel, der bald heiraten wird. Die Tür vom Beichtstuhl geht auf, die Großmutter geht nach vorn zum Altar und kniet nieder. Der schlurfende Schritt des Pfarrers übertönt fast die Worte von Marianne: Gibt es das noch, flüstert sie, was es im Krieg alles gegeben hat? Der Pfarrer steht schon hinter dem Kaplan, vielleicht hat er gehört, was das Kind gesagt hat.
Habt ihr euch gut unterhalten? Und dann zum Kaplan: Doch nicht etwa über den Krieg?

Er schaut den Kaplan streng an, der leicht mit dem Kopf schüttelt, dann dreht er sich zum Pfarrer: Sie spielen das immer noch, dabei gibt es gar keinen Krieg mehr.

Im Obstgarten spielen die Buben wieder Indianerkrieg. Sie haben sich Pfeil und Bogen gebaut und Gewehre geschnitzt. Marianne sitzt mit ihrer Puppe an der Hauswand.
Es gibt zwei Kriegsparteien, die Indianer und die Weißen. Die Indianer verlieren ihre Obstbäume und kommen immer näher an Marianne und ihre Puppe heran. Marianne flüstert ihrer Puppe ins Ohr, dass sie gleich wieder zurückkommt und läuft zur Mutter in die Küche.
Mama, ich brauch Tücher, etwas zu essen und einen Korb.
Spielst du Rotkäppchen, fragt die Mutter, als sie dem Kind den Korb mit dem alten Striezel und den Tüchern gibt.
Marianne schüttelt den Kopf: Ich muss den Häftlingen Strümpfe geben und etwas zu essen bringen, sonst verhungern sie.

Die Marianne ist im Garten, um Schnittlauch zu holen. Am Zaun steht ein fremdes Kind und sieht ihr zu. Es grüßt Marianne. Marianne läuft schnell wieder ins Haus. Sie hört die Großmutter zur Mutter sagen: Der Bub war vielleicht zwölf und der hat ihn vor meinen Augen erschossen. Heut sitzt er im Gemeinderat und tut, als wäre er ein Wohltäter.
Als die Großmutter Marianne in der Tür stehen sieht,

sagt sie laut und deutlich: Jaja, im Keller brennt noch ein Licht.

Marianne sitzt vor dem Haus auf der Bank. Sie sieht einen Radfahrer. Von hier erkennt sie schon, wer da auf dem Rad sitzt. Kein Mensch hat sonst ein schwarzes, langes Kleid an. Der Kaplan biegt auf den Weg ab, der zum Haus führt.
Bist du allein, fragt der Kaplan, ich müsste mit deinen Eltern sprechen. Die Eltern sind draußen, der Vater repariert die Stalltür und die Mutter ist in der Selch. Marianne hat sich nicht gut gefühlt und durfte bei der Großmutter im Haus bleiben. Marianne läuft hinein, um der Großmutter zu sagen, dass der Kaplan da ist. Die Großmutter schlägt die Hände über dem Kopf zusammen und ruft: An einem Wochentag!
Sie läuft zur Mutter und zum Vater. Die Mutter schaut an sich herab. Im Wochentagsgewand, sagt sie und geht mit der Marianne mit. Die Großmutter hat eine Tischdecke über den Küchentisch gebreitet und Kaffee aufgesetzt, richtigen, keinen Getreidekaffee. Den richtigen gibt es eigentlich nur am Sonntag. Sie holt das schöne Geschirr aus dem Schrank und sagt zu Marianne: Hol die Butter und das Brot, Honig und Marmelade. Zuerst reden die Erwachsenen über das Wetter und die Mutter entschuldigt sich für ihren Aufzug und die Unordnung.
Aber es ist ja ein Wochentag, sagt der Kaplan, ich komm wegen dem Wagner. Der Vater schickt die Marianne hinaus. Sie stellt sich an die Tür und schaut durchs Schlüsselloch, sie legt das Ohr dran und horcht.
Was wisst ihr über den Wagner, sagt der Kaplan.

Wir können nicht jeden anzeigen, der was getan hat, sagt die Mutter.
Soll er damit davonkommen?, fragt der Vater.
Die Großmutter beginnt zu erzählen. Der Wagner hat die KZler reihenweise erschossen, wenn sie Blätter von den Obstbäumen gegessen haben. Er hat den Buben im Dorf sein Gewehr in die Hand gedrückt und zu ihnen gesagt: Sie dürfen sich einen aussuchen und ihn erschießen. Einmal hat er der Mutter gedroht, sie soll die KZler nicht immer grüßen, sonst wär sie die nächste, die man riechen könnt.
Mariannes Kopf stößt gegen die Türklinke. Sie reibt sich die Stelle mit der Hand. Da geht die Tür auf, Marianne fällt fast in die Küche hinein. Die Großmutter sieht streng auf sie herab. Was stehst da und lauschst?
Marianne will davonlaufen, der Kaplan sieht sie aber an und sagt: Da fällt mir noch was ein. Wir haben nämlich bei der Erstkommunion ein Mädchen zu wenig und der Bischof kommt doch. Vielleicht will die Marianne ja schon dieses Jahr mitgehen.

Bei der Erstkommunion redet der Bischof sehr lange. Marianne muss lange stehen und dann endlich darf sie vom Leib Christi kosten. Sie macht den Mund weit auf und streckt die Zunge heraus, ein bisschen wie beim Doktor, nur ohne AAA, so hat es ihnen der Kaplan gesagt, so will es der Bischof haben. Sie kneift die Augen auch noch zu, weil sie sich so auf den heiligen Moment freut. Der Bischof macht der Marianne zuerst den Mund etwas zu und sagt: Zunge ein bisschen rein. Dann schmeckt die Marianne den Leib Christi, aber recht anders wie die Oblaten, die die Mutter unter die Kokosbusserl legt, schmeckt der Leib Christi auch nicht.

Eines Nachts fängt das Kind wieder an zu schreien, als es sieht, wie die Eltern sich ausziehen müssen und in eine Kammer geschickt werden. Da drinnen werden sie ersticken und dann verbrannt werden. Jemand hält das Kind zurück, damit es nicht schreit und keine Hilfe holt. Es ist die Großmutter, die es festhält und ihr den Mund zudrückt. Warum lässt die Großmutter das zu? Marianne wehrt sich und schlägt um sich. Sie ist wieder im Zimmer, in ihrem Bett und die Großmutter hält ihr wirklich den Mund zu. Sie schreit noch lauter und beißt die Großmutter, kratzt und schlägt sie. Erst als beide Eltern vor ihr stehen, hört sie damit auf.

Am nächsten Tag nach der Schule sitzt der Kaplan mit allen Erwachsenen in der Küche. Dieses Mal hat die Großmutter keinen Kaffee aufgestellt. Es gibt auch kein Honigbrot und kein Tischtuch. Die Marianne soll sich dazusetzen.
Ist sie verrückt, fragt die Mutter den Kaplan.
Der Kaplan schüttelt den Kopf: Sensibel, sagt er, vielleicht das. Ob ich wohl mit ihr allein sprechen dürfte? Die Eltern nicken. Der Kaplan fragt die Marianne, ob sie einen Lieblingsplatz hat. Am Bach, sagt die Marianne. Da darf sie eigentlich nicht hin und schon gar nicht allein. Die Mutter steht am Fenster und schaut dem Kaplan und der Marianne nach, wie sie zwischen den Obstbäumen Richtung Böschung gehen. Es riecht nach kaltem Wasser und ein bisschen nach Fisch.

Das Gras raschelt und unter Mariannes Fuß knackst ein Zweig. Der Kaplan sagt: Hier ist es wirklich sehr schön. Er zieht die Schuhe aus und steckt seine Füße ins Wasser.
Was willst du wissen, fragt der Kaplan und sieht dabei ins Wasser. Marianne ist verwundert, dass so ein studierter Mensch einfach die Füße in den Bach steckt, das macht sonst niemand von den Erwachsenen.
Kann ich ins KZ kommen, fragt die Marianne, als der Kaplan sie ansieht.
Das gibt es nicht mehr.
Hast du auch Holzschuhe angehabt und Blätter gegessen?
Der Kaplan schüttelt den Kopf.
Wird das KZ wieder aufgesperrt?
Hoffentlich nie wieder, sagt der Kaplan und schaut ihr nicht mehr in die Augen.
Hast du Angst, fragt sie.
Ja, sagt der Kaplan, ich schlaf auch schlecht manchmal. Aber jetzt müssen wir uns nicht mehr fürchten.
Er wirft einen kleinen Stein ins Wasser. Das macht diese Kreise auf dem Wasser, zuerst kleine, dann größere, bis sich das Wasser wieder beruhigt. Marianne zieht sich die roten Schuhe und Strümpfe aus und streckt ihre Füße neben die vom Kaplan ins kalte Wasser.

Heimweg

Du möchtest also, dass ich darüber spreche. Viel gibt's nicht zu sagen. Weit war's und zu Fuß noch weiter und lang ist's her. Es hat Tage gegeben, vielleicht sogar Jahre, da hab ich nicht daran geglaubt, dass ich einmal hier sitzen werde und Enkelkinder habe, die mir Fragen stellen über eine Zeit, die doch schon so lange aus ist. Weißt du, wie gut das ist?

Es war so, dass wir Leningrad besetzt hielten. Viel Lust auf den Krieg hatten wir alle nicht mehr und ich hatte das nie gehabt. Der Krieg war nichts Schönes.
Manchmal kamen wir in Dörfer, da waren nur mehr Frauen, Alte und Kinder übrig. Die Kinder waren immer die Ersten, die aus ihren Verstecken gekommen sind. Vielleicht haben die Mütter sie vorgeschickt, damit wir Mitleid mit ihnen haben. Oft haben sich diese Kinder vor lauter Angst nicht auf den Beinen halten können. Wir hatten auch Angst. Wir wussten ja nie, ob das eine Falle ist. Die Kinder haben wir nicht verstanden, die haben Polnisch, Russisch oder eine andere Sprache gesprochen. Später hatten wir Gefangene dabei, die für uns übersetzten. Aber auch da konnten wir nicht sicher sein, ob sie richtig übersetzten.
Manchmal hat es geheißen, dass wir alle erschießen sollen, manchmal nicht. Das war die reine Willkür. Einmal hat sich ein Gefangener vor eine Frau gestellt. Ich hab zweimal abdrücken müssen.
Wir haben uns genommen, wen und was wir gefunden haben. Die Frauen sind auch nicht anders dort, aber es waren die Frauen der Feinde.

Einmal bin ich mich erleichtern gegangen, da war so ein Wäldchen und ich hab mich hingesetzt. Da saß auch einer, durch die Bäume hindurch hab ich ihn gesehen und ich hab gesagt, aus einer Laune heraus: Ich geh jetzt heim. Der andere nimmt sein Gewehr, steht auf und zieht sich die Hose hoch. Hättest du nur deinen Mund gehalten, denke ich, da sagt er: Dann gehn wir! Nach Berlin kann's ja nicht so weit sein.
Wir haben uns nicht mehr umgeschaut, wir sind einfach gerannt. Immer geradeaus, nur nicht zurück.

Wenn man so lange mit jemandem zu Fuß geht, dann erfährt man eine Menge über den Menschen. Bei seinem Namen bin ich mir bis heute unsicher. Warum hat sich der gerade Jakob genannt?
Seine Geschichte ging ungefähr so: Er ist in Berlin aufgewachsen, seine Eltern haben in irgendeiner Fabrik gearbeitet. Jakob hat die Sachen von Marx gelesen, aber sein Vater hat ihm den Kommunismus ausgetrieben, noch vorm Hitler, und zwar mit so einer Vehemenz, dass er samt seiner Bücher mitten in der Wirtschaftskrise auf der Berliner Straße gestanden ist und nicht recht gewusst hat, wohin jetzt. Mit der Mutter hat er sich dann noch hin und wieder getroffen. Etwas später wollte er nach Russland auswandern. Deshalb konnte er Russisch.
Dass er ausgerechnet mit mir zu Fuß wieder heimging anstatt in Russland zu bleiben, darüber haben wir nicht gesprochen.
Sein Russisch hat uns ein paar Mal das Leben gerettet. Wir haben die Dörfer und Straßen eigentlich gemie-

den. Manchmal haben wir aber doch wen getroffen und dann hat er Russisch gesprochen.

Nie sind wir so lange gerannt wie beim ersten Mal. Irgendwann konnte ich nicht mehr.
Ich bin stehen geblieben und hab zu lachen angefangen. Ich war so erleichtert, nicht mehr mit einem Gewehr auf Befehle warten zu müssen. Er ist auch stehen geblieben und wir haben gelacht wie noch nie in unserem Leben und nie mehr danach. Wir haben uns hingesetzt, das Gewehr zwischen uns gelegt und die Kugeln gezählt, die noch in seinem Gewehr waren. Drei waren noch drin.
Eine für mich, eine für dich, wenn uns jemand findet, hab ich gesagt.
Und eine für ein Schaf, wenn wir eines finden, hat er geantwortet.
Ich bin der Siegfried.
Ich bin Jakob.
Wir wussten beide, dass unsere Namen für den Moment erfunden waren, zumindest meiner war es. Die Namen hielten sich den ganzen Weg, bis Berlin. Dort hab ich ihm dann meine Adresse gegeben, mit dem richtigen Namen drauf, und er mir seine. Auf dem Stückchen Tapete ist Jakob gestanden.

Irgendwann ist's jedenfalls dunkel geworden, gerade deshalb sind wir Neugetauften weitergegangen. Das größte Problem war unsere Kleidung. Die Wehrmachtsuniform hätte uns das Leben gekostet, wenn wir den Russen in die Hände gefallen wären. Und die Deutschen hätten uns vorm Standgericht erschossen.

Entweder wir sterben oder wir schaffen's, hier oder an der Front, hat Jakob gesagt. Das Gewehr haben wir abwechselnd getragen.

Wir brauchten dringend andere Kleidung. Also haben wir uns in ein Dorf geschlichen. Davor haben wir uns nackt ausgezogen und unsere Uniform versteckt. Im Dorf war es sehr ruhig, wir haben uns an den Hauswänden entlang getastet. Die Wände waren noch warm von der Sonne. Wir dachten, dass die alle geflohen sind. Als wir auf eine Tür gestoßen sind, haben wir versucht, sie zu öffnen. Plötzlich hat ein paar Häuser weiter ein Hund angefangen zu bellen. Ich hab die erste Tür, die ich erwischt habe, eingetreten. Wir sind schnell im Haus verschwunden und haben die Schubladen aufgerissen. Das war nicht so einfach, in einem fremden Haus bei Dunkelheit Kleider zu finden. Dann ist eine Frau hinter uns gestanden und hat zu schreien angefangen. Ich hab sie festgehalten und meine Hand auf ihren Mund gedrückt und Jakob hat versucht mit ihr zu reden, während sein Gewehr auf ihren Kopf gerichtet war.
Die Frau muss gedacht haben, wir sind verrückt, nackt, wie wir dagestanden sind und um Kleidung gebettelt haben. Sie hat aufgehört zu schreien und sich zu wehren, also hab ich sie wieder freigelassen. Sie hat uns Hosen, Hemden und Mäntel gebracht. Nur Schuhe hatte sie keine. Jakobs Gewehr war die ganze Zeit auf sie gerichtet. Am Schluss hat sie uns noch ein Stück Brot gegeben und gesagt: Kommt gut nach Hause! Als wäre Berlin das nächste Dorf gewesen.

Wir haben gegessen, was uns in die Hände gefallen ist. In verlassenen Dörfern haben wir manchmal was gefunden. Ein schimmliges Stück Brot oder eingemachtes Obst und Gemüse. Wir haben herausgefunden, dass die Leute Schränke vor die Kellertür stellen. Die haben wir weggeschoben und sind in die Keller hinab. Bei jedem Geräusch haben wir zu kauen aufgehört und gedacht: Jetzt finden sie uns. Wir hatten immer noch die Schuhe der Wehrmacht an.
Wenn die Dörfer schon geplündert waren, haben wir oft nur Zigarettenstummel gefunden. Die haben wir angezündet und geraucht. Das hat auch ein bisschen satt gemacht.
Einmal ist uns eine zahme Katze entgegengekommen. Sie ist mir zwischen den Beinen durch und hat geschnurrt, als ich sie am Hals gekrault hab. Es war nicht recht viel dran an ihr. Vor Hunger haben wir ihr den Hals umgedreht und auf einer Lichtung ein Feuer gemacht.
Das Schaf ist auch wahr geworden. Eines Tages sind wir dieser Schafherde begegnet. Es war weit und breit kein Mensch zu sehen, deshalb haben wir eines mitgenommen. Wir haben ein Messer aus einem der Dörfer mitgehen lassen und Jakob hat es geschlachtet, während ich auf einen Hügel hinaufgegangen bin und geschaut hab, ob es Menschen in der Gegend gibt, die unser Feuer hätten sehen können. Als ich wieder zurückgekommen bin, ist das Schaf schon über einer Feuerstelle gehangen. Das war ein Festmahl für uns, dieses Schaf. Wie beim Auszug aus Ägypten, hat Jakob gesagt.

So viel Hunger, wie ich da gehabt hab. So etwas kennst du gar nicht mehr. Die Leute bräuchten wieder Krieg, um zu wissen, was das bedeutet: Hunger. Was das heißt: Angst zu haben. Dann würden die Leute wieder mehr auf die anderen schauen und näher zusammenrücken. Ich wünsche dir keinen Krieg, aber der Frieden dauert schon zu lange an. Es muss ja nicht gleich so ein Krieg sein wie der Zweite Weltkrieg. Da sind zu viele unschuldige Menschen ums Leben gekommen. Wenn man nur an die Juden denkt.

Mir ist schon aufgefallen, dass Jakob ein jüdischer Name ist, und ich hab noch lange gerätselt, ob er ein Jude gewesen ist, der es geschafft hat, einen arischen Pass zu bekommen. Erfahren hab ich das nie. Ich hab ihn nicht gefragt. In Berlin haben wir zwar Adressen ausgetauscht, meine Briefe sind aber nie beantwortet worden. Der Hunger in Berlin war groß nach dem Krieg und wenn er wirklich Jude war, dann hat ihn wohl auch nach dem Krieg nichts in Berlin gehalten.

Das ist eigentlich alles, was ich dir erzählen kann. Der Weg war viel zu weit und wir hatten Hunger. Vielleicht hat es uns das Leben gerettet, dass wir gelaufen sind. Wir wussten nicht, dass der Krieg schon vorbei ist. Deshalb haben wir uns bis kurz vor Deutschland immer versteckt und sind nur in der Nacht weitergegangen. Erst am Ende hat uns jemand gesagt, dass der Krieg vorbei ist. Irgendwo vor der deutschen Grenzen muss das gewesen sein.
Da waren so viele Menschen auf dem Weg Richtung Westen. Die hatten ihr ganzes Hab und Gut dabei. Auf

Wagen, die manchmal Kinder gezogen haben, weil die Väter nicht zurückgekommen sind, haben sich Töpfe, gutes Geschirr und Bücher gestapelt. Wir sind eine Zeitlang mit ihnen gegangen. Manche von den Flüchtlingen hatten Zigaretten. Sie haben uns auch welche gegeben.

Und dann sind wir wirklich in Berlin angekommen. Das Gewehr haben wir vor der Stadt vergraben. Ich hab mir den ganzen Heimweg über ausgemalt, dass wir dort zu seiner Familie gehen werden, wir uns waschen können, etwas zu essen bekommen. Dass die wissen werden, wie ich nach Hause komme. Aber von Berlin war nicht mehr viel übrig. Von dem Haus, wo er gewohnt hat, waren nur mehr Trümmer da. Er ist auf den Trümmern herumgestiegen und hat nach etwas gesucht. Ich glaub nicht, dass er es gefunden hat. Einen Stift hat er gefunden. Staubig und zerbrochen, mit einer gespitzten Mine.
Ich geh zu Freunden, hat er gesagt, da komm ich unter. Wir haben uns dort verabschiedet, vor dem kaputten Haus, wo er einmal gewohnt hat. Eine Wand ist noch gestanden. Wir haben ein Stück von der Tapete abgerissen und unsere Adressen drauf geschrieben. Jakob hat noch zwei Zigaretten gehabt.
Für den Heimweg, hat er gesagt.
Weißt du, wie gut Zigaretten gegen den Hunger helfen?

Karfreitag am Sonntag

Diese Tischdecke hat die Mutter gemacht, als sie so krank war. Sie ist unter dem Fenster auf dem Sofa gelegen und hat die Tischdecke gehäkelt, während ich in der Küche gestanden bin. Um mich herum habe ich alles platziert, was ich zum Kochen gebraucht habe. Mehl rechts, Fett links, den Topf vor mir auf dem Ofen, den Kochlöffel in der Hand. Mach eine Einbrenn, hat sie gesagt. Ich hab den Sessel vor den Ofen gestellt und mich nicht getraut zu fragen, wie man eine Einbrenn macht. Ich war ja erst sieben Jahre alt. Ich hatte davor noch nie gekocht.
Irgendwann habe ich meine Tränen nicht mehr halten können, die Einbrenn ist angebrannt, ich musste noch eine machen. Ich bin auf dem Sessel gestanden, damit ich nach den Gewürzen im Kasten greifen konnte, aber ich fand den Pfeffer nicht. Mutti ist wütend aufgestanden und ist gleich wieder aufs Sofa gefallen. Nichts, hat sie gesagt, kann man dich machen lassen. Dann hat sie zu husten angefangen.
Am Abend im Bett hab ich trotzdem für sie gebetet: Vater unser, Mutter Gottes, Herr Jesus Christ und Heiliger Geist, wartet ihr noch bis zum Karfreitag? Am Karfreitag will die Mutter sterben, nicht am Gründonnerstag, wenn ich Spinat kochen muss, der draußen im Garten wächst.

Es ist immer schlimmer geworden. Aus den Kopfpolstern haben wir das Blut waschen müssen. Die Nachbarin hat mir gezeigt, wie ich reiben muss, damit es rausgeht. Wenn der Doktor gekommen ist, hat er nur den Kopf geschüttelt. Er hat das Stethoskop abgenommen und zum Vater gesagt: Jetzt hilft nur mehr beten.

Jeden Tag haben wir im Bett für die Mutter gebetet. Damals hab ich mir vorgenommen, nie krank zu werden, nie so krank zu werden, wie meine Mutter es war, und immer für meine Kinder zu kochen. Solange sie klein sind, hab ich mir vorgenommen, werden meine Beine nicht versagen und niemals werden die Kinder aus meinen Nachthemden und Polsterüberzügen Blutflecken waschen müssen.
Jetzt bin ich alt und ich bin nie schwer krank gewesen. Die Kinder haben schon eigene Familien und ich koch nur mehr für mich.

Ich bet jetzt auch für mich selbst. Heute betet ja niemand mehr. Es geht auch kaum mehr wer in die Kirche. Wir sind meistens zu viert oder zu fünft mit dem Pfarrer.
Wenigstens ich würd gern am Karfreitag sterben, wenn meine Zeit gekommen ist. Vater unser im Himmel, geheiligt sei dein Name, dein Reich komme, dein Wille geschehe, lass deinen Willen am Karfreitag geschehen, bis dahin ist es ja noch ein bisschen.

Die Tischdecke hat sie noch fertig gehäkelt. Sie hat sie mir geschenkt, als sie schon sehr schwach war. Du bist doch die Älteste, hat sie gesagt, du wirst dich an mich erinnern.
Ich hab die Tischdecke mein Leben lang jede Woche einmal aus dem Kasten geholt, aber nie auf den Tisch, sondern immer zurück in den Kasten gelegt. Ich hab sie nur in den Händen gehalten und angeschaut. Ich wollte sie für was Besonderes nehmen. Selbst meine eigene Hochzeit war mir für die Tischdecke der Mut-

ter zu schade. Nicht einmal zur Taufe meiner Kinder habe ich sie rausgenommen.

Die Mutter ist im Frühling gestorben. Ostern war spät in jenem Jahr. Mutter hat sich gewünscht, am Karfreitag zu sterben, damit sie mit dem Herrn auffahren kann. Meine Schwestern und ich haben gefleht, der Herr möge sie erst am Karfreitag sterben lassen, das Vater unser, Ave Maria, alles, was wir konnten, haben wir gebetet: Du bist gebenedeit unter den Frauen und gebenedeit ist die Frucht deines Leibes, Jesus, dein Wille geschehe, dein Reich komme, du wirst kommen und richten über Tote und Lebende, aber richt nicht vorm Karfreitag über Mutter. Sie soll in den Himmel kommen, Mutter ist eine gute Frau. Lamm Gottes, du nimmst hinweg die Sünden der Welt, gib uns ihren Frieden.

Aber der Vater ist an einem Sonntag in unser Zimmer gekommen. Die Trudi hat er aus dem Bett gehoben, der Lisi hat er gesagt, sie soll sich in mein Bett legen und dann hat er sich mit der Trudi auf meine Bettkante gesetzt.
Heute gehen wir nicht in die Kirche, hat er gesagt und der Trudi über die Haare gestrichen, heute kommt der Pfarrer zu uns.

Ich kann mich noch erinnern, wie die Mutter mich geschlagen hat. Sie hat immer einen Grund gefunden. Zum Beispiel, wenn sie gehört hat, dass wir die Gebete falsch aufsagen oder wir zu laut sind. Wir waren ihr schnell zu laut.

Einmal, das weiß ich noch wie heute, da hab ich mit der Trudi in den Hof müssen, weil die Mutter es nicht ausgehalten hat, wenn sie geweint hat. Aber die Trudi hat sich an dem Tag nicht und nicht beruhigen lassen, ich hab so dringend müssen. Ich bin mit ihr auf- und abgegangen, hab die Mutter am Küchenfenster gesehen, wie sie mich beobachtet hat. Meine Schwester war schwer. Solange ich gegangen bin, hab ich es nicht so gespürt, wie dringend ich aufs Klo muss. Aber dann ist sie mir zu schwer geworden. Ich hab die Trudi auf die Wiese gelegt und schon war meine Strumpfhose nass. Unter dem Rock hätt man es nicht gesehen, aber mir wurde kalt und ich hab's Mutter gesagt. Sie hat richtig fest zugehaut.

Nach ihrem Tod hat uns niemand mehr geschlagen. Die Nanni nicht und der Vater erst recht nicht. Der Vater hat zwar gedroht und den Gürtel geholt, wenn wir etwas angestellt haben, aber dann waren wir sofort wieder brav und haben gebettelt, er soll's nicht machen. Die Nanni hat uns angeschrien. Aber geschlagen hat uns keiner von denen.

Wir sind am Fensterbrett gesessen und haben gebetet: Vater unser im Himmel, geheiligt werde dein Name, dein Reich komme, dein Wille geschehe, wie im Himmel so auf Erden, Vater unser im Himmel, kannst du noch bis zum Karfreitag warten? Das sind jetzt noch zwei Wochen. Dazwischen ist auch noch der Palmsonntag. Vater unser im Himmel? Die Mutter ist wirklich eine gute Frau, auch wenn sie uns schlägt. Vater unser im Himmel, sogar wenn die Trudi weint, schlägt sie zu, dabei ist sie noch ein kleines Kind, das schreit halt manchmal, sagt der Vater, die Mutter haut sie trotzdem und dann weint sie noch mehr, aber hörst du, die Mutter ist eine gute Frau, weil wir dann die Trudi trösten dürfen, aber es soll uns schnell gelingen, sonst bekommen wir auch noch eine. Wir gehen mit der Trudi immer hinaus, wenn sie so schreit, und wenn wir wiederkommen, dann gibt die Mutter uns auch mal einen Kuss, weil wir so brave Kinder sind. Vater unser im Himmel, nimm die gute Mutter endlich mit zu dir in den Himmel.

Ich wollt meine Kinder nicht schlagen. Aber wenn es mir doch einmal passiert ist, dann hab ich mich gleich entschuldigt und sie in den Arm genommen. Eine g'sunde Watschen hat's bei mir nicht gegeben. Ich hab die Beherrschung verloren, aber gesund war das nicht für meine Kinder. Mein Mann hat immer von der g'sunden Watschen geredet. Wenn er die Kinder geschlagen hat, dann hab ich auch zu beten angefangen: Herr, erlöse uns von den Sünden und den Sündern! Ich war froh, dass er so selten zu Hause war. Ich hätt ihn nicht abhalten können, wie der Vater das bei der Mutter gemacht hat.
Mein Mann hat wenigstens gewusst, wann genug war. Wir waren blau von den Schlägen der Mutter. Wenn der Vater dazugekommen ist, hat er ihr den Kochlöffel aus der Hand gerissen und sich zwischen uns und die Mutter gestellt. Da ist selbst der Vater laut geworden mit ihr. Mit der Nanni hat er nie laut werden müssen.

Nanni haben wir zu der zweiten Frau vom Vater immer gesagt, auch der kleine Franz, obwohl sie seine Mutter

war, aber er hat's von uns nicht anders gehört. Ich und die Lisi waren schon zu groß, um *Mutter* zur Nanni zu sagen, und die anderen haben's übernommen.
Als sie zu uns ins Haus gekommen ist, da hab ich schon gut kochen können, aber sie wollte nicht, dass ich koch. Manchmal hat sie uns umarmt, wenn wir geweint haben. Meistens hat aber auch sie wie die anderen gesagt: Sei still jetzt!

Eines Tages habe ich den Vater gefragt, da war die Nanni nicht dabei, wann er die Nanni geheiratet hat. Er hat geantwortet: Die hab ich sechs Monate danach geheiratet. Das hab ich so wollen, dass ich möglichst schnell nach Muttis Tod heirat, ich hab ja wen für euch und den Haushalt gebraucht. Immer die Nachbarinnen fragen, das war nix.
Er ist hier in meiner Küche gesessen und im Wohnzimmer haben meine Kinder gespielt. Ich bin aufgestanden, um in der Suppe zu rühren.
Hat sie gesagt, du sollst die Nanni heiraten, hab ich gefragt. Nein, aber was anderes wär ja gar nicht gegangen mit dem Hof und euch. Das hat die Mutti ja auch gewusst, als sie gestorben ist, dass ich wieder heiraten werd. Die Nanni hab ich schon so lang gekannt.
Ich bin in die Speisekammer gegangen und hab mir die Hände an der Schürze abgewischt. Dann gibt's ja gar nicht so viel Unterschied zwischen mir und der Nanni, beides Zweckfrauen, hab ich gedacht, und bin zum Vater in die Küche zurückgegangen.

Irgendwann später habe ich mit der Nanni geredet. Da war auch der Vater schon tot. Nach seinem Tod bin ich

auch noch oft zu ihr gefahren, nicht nur wegen dem Franz und dem Haus, sondern auch wegen der Nanni, ich hab sie immer gern mögen.
Das Hochzeitsfoto von Mutter und Vater ist in der Stube gehangen. Ich hab die Nanni gefragt, wo das Hochzeitsfoto von ihr und Vater ist. Nein, hat sie gesagt, da gibt's keine Fotos, dein Vater hat mich ja geheiratet, weil er mich gebraucht hat. Weißt du, hat sie gesagt, ich hab's immer gespürt, er war ganz anders zu mir.

Die Nanni wär wahrscheinlich die Einzige gewesen, die verstanden hätte, wie ich mich gefühlt hab. Ich hab ihr nie davon erzählt. Über so etwas hat man nicht gesprochen. Manchmal, wenn mein Mann nach Hause gekommen ist und die Kinder zurechtgewiesen hat, hab ich mir gewünscht, dass er endlich verschwindet, obwohl er eh so oft auf Montage war. Die Kinder waren ihm nicht ordentlich genug, nicht freundlich genug, nicht gut genug erzogen. Dabei haben sie sich nur vor ihm gefürchtet, sind nervös geworden, wenn sie gehört haben, dass er wiederkommt. Sie kannten ihn ja gar nicht richtig. Er hat immer gewusst, wie ich was machen soll. Die Knödel waren zu hart, weil ich zu wenig Ei hineingegeben hab und die Suppe hat nach nichts geschmeckt, weil ich sie zu dünn gemacht hab. Einmal hab ich drauf gesagt, dass ich halt mehr Haushaltsgeld brauchen könnt, da hat er ausgeholt und mit der Faust meine Nase getroffen. Die Kinder sind falsch geraten, hat er mir gesagt, bei der Mutter ist das kein Wunder. Noch dazu bist du viel zu nachsichtig. Manchmal braucht der Mensch eine Watschen, und ohne Watschen werden die Kinder nichts. So hat er geredet. An solchen Tagen hab ich am Abend wieder zu beten angefangen. Bei der Hochzeit hab ich das alles schon geahnt. Vielleicht war es mir deshalb nicht wert, dass die Tischdecke von der Mutter auf dem Hochzeitstisch liegt.

Jetzt hab ich sie über meinen Küchentisch gebreitet. Sie passt genau. Ich werd sie nicht mehr wegräumen. Sie soll wenigstens bei meinem Tod dabei sein.
Ich hab sie auch niemandem gezeigt oder erzählt, von wem sie ist. Auch meinen Schwestern nicht oder dem Franz. Das war mein Geheimnis mit der Mutter und das Schönste, was zwischen mir und ihr passiert ist.

Vielleicht sterbe ich ja an einem Sonntag, wenn die Sonne hereinscheint, auf die Tischdecke und auf die Blumen, wenn es so gut riecht und die Glocken geläutet haben. Vielleicht bemerkt der Pfarrer in der Kirche, dass ich nicht da war und er kommt her, um nach mir zu sehen.

Vorm Jüngsten

Gericht

Mein Vater hat sich nicht um uns Kinder geschert. Wenn wir ihn gestört haben, hat er uns geschlagen. Ansonsten waren wir für ihn einfach auch da. Eigentlich hat alles meine Mutter gemacht. Mit seinen X-Beinen hat er nicht so wie die anderen Männer arbeiten können. So hat die Mutter von den Kindern bis zu den Feldern und Viechern fast alles gemacht, was anstrengend war, auch als sie schwanger war. Meine Eltern hatten noch kein Wasser im Haus. Wir mussten zum Brunnen hinausgehen, wenn wir Wasser gebraucht haben. Es war nicht weit zum Dorfbrunnen. Nur zwei Häuser weiter.
Mit den Beinen vom Vater war es nicht so, dass er gar nicht gehen hat können, aber doch so, dass ihm vieles schwergefallen ist. Als meine Schwester geboren wurde, da musste ich deshalb in der Nacht Wasser holen gehen. Stockfinster war es da. Damals hat es noch keine Straßenbeleuchtung gegeben.
Ich hatte schon geschlafen und bin aufgewacht, weil so viel Leben im Haus war. Alle waren auf den Beinen, die Hebamme, der Vater, die Mutter. Ich bin in die Stube gegangen und hab mich neben meinen Vater gesetzt. Die Mutter muss schon lang in den Wehen gelegen sein. Wenn der Vater nervös war, hat er die Zeitung genommen und angefangen zu lesen. Bei dem wenigen Licht hat er aber bestimmt nichts lesen können. Er hat nur die Buchstaben angestarrt und gewartet, dass das »grobe Weib« endlich kommt und ihm sagt, dass das Kind da ist und die Mutter wohlauf.

Früher hat man nicht Hebamme, sondern »grobs Weib« gesagt zu den Frauen, die gekommen sind,

wenn andere ihre Kinder bekommen haben. Das hat eine sein können, die geduldig war, oder eine, die die ganze Zeit sagt, dass sie sich nicht so anstellen sollen. Die Frauen waren dem »groben Weib« ausgeliefert.
Im Leben ist man immer von jemandem abhängig. Auch wenn man glaubt, dass das vorbeigeht, sobald man älter wird. Aber das stimmt nicht. Von Anfang bis zum Ende ist man abhängig, von Ärzten, Arbeitgebern, Politikern. Am Anfang ist man abhängig von den Eltern und am Schluss ist man abhängig von den Kindern.

Ich denk nicht gern an den Tag, an dem ich von meinen Kindern abhängig sein werde. Als der Vater krank wurde, hab ich ihn mit der Mutter gepflegt. Mir ist das schwergefallen. Plötzlich muss man dem eigenen Vater Windeln anziehen und ihn trockenlegen. Der Vater war keiner, der uns Kinder mal umarmt hätte. Deshalb hab ich es auch nur schwer ausgehalten, ihm so nahe zu sein. Am Schluss war er auf uns angewiesen.
Nicht, dass ich fürchte, meine Kinder könnten in so einer Situation nicht nett zu mir sein oder sonst was. Aber ich denk manchmal an das Ende von meinem Vater und ich war nicht gut zu ihm. Wenn er etwas wollte, hab ich es ihm meistens nicht gebracht. Ich war auch nicht freundlich zu ihm. Mein Vater hat manchmal über seine Hilfsbedürftigkeit einen Witz gemacht. Ich hab nie darüber gelacht.
Bevor mein Vater gestorben ist, hat er noch was loswerden müssen. Er ist im Bett gelegen, die Hände über der pastellblauen Bettdecke, sein Atem ging schwer.

Die Decke hat er angestarrt und irgendwo haben Fliegen gesummt. Ich war allein mit ihm, die Geschwister waren noch nicht da. Er hat ständig jemanden bei sich haben wollen. Ich hätte mich gar nicht zu ihm gesetzt, wenn die Mutter nicht eine Pause gebraucht hätte von ihm.

Seine Hand hat mich auf einmal gepackt und ich war erstaunt, wie kräftig er noch war. Er hat mich zu sich herangezogen und gesagt: Du hast noch einen älteren Halbbruder. Dann hat er mich wieder losgelassen, ist auf den Polster zurückgesunken und hat »Wasser!« gerufen.

Dass er mir von meinem Bruder erst im Sterben erzählt hat, wo seine Zukunft mit diesem Sohn ja gar nicht mehr möglich war und wir uns dann drum kümmern haben müssen, das kann ich ihm am wenigsten verzeihen.

Mein Leben dauert jetzt nicht mehr lang und vielleicht sollte ich meine Einstellung zu ihm noch mal überdenken. Lange werd ich nicht mehr haben. Nicht, dass ich jetzt lebensmüder als vor ein paar Jahren geworden wäre, aber die übrigen Jahre sind gezählt. In keinem Krieg werd ich mehr dienen müssen. Meine Zukunft ist absehbar. Entweder ich werde sehr krank und sterbe, oder ich fange an zu vergessen, man pflegt mich und ich sterbe, oder ich bleibe relativ gesund und dann sterbe ich auch. Nicht, dass ich mich jetzt sehr vorm Sterben fürchte. Aufgenommen in das Reich Gottes. So betet man doch, nicht wahr?

Dass ich aufgenommen werde ins Reich Gottes, ist eine Hoffnung von mir. Zeitlebens hab ich versucht, ein besserer Mensch zu werden. Besser als mein Vater allemal und besser als mein gestriges Ich. Ich hab immer dran geglaubt, dass man sich noch ändern kann.

Früher hat es oft geheißen, dass sich der oder die auch nicht mehr ändert. Der ändert sich jetzt auch nicht mehr, haben die Leute gesagt. Ich weiß gar nicht, in welchem Alter das angefangen hat, dass man das über andere gesagt hat. Vielleicht mit dreißig?
Kindern konnte man ja noch was austreiben. Mir wurde öfter was ausgetrieben. Auch an dem Tag, als meine Schwester auf die Welt gekommen ist. Dabei war ich noch klein, fünf Jahre alt, glaub ich. Sie haben mir schon am Abend gesagt, dass es jetzt so weit ist und dass ich nicht mehr zur Mutter gehen darf. Nur Gute Nacht hab ich ihr durch die Tür gesagt.
Wie ich nicht schlafen konnte, bin ich zum Vater in die Küche gegangen. Am liebsten wär ich zur Mutter gegangen, die hat geschrien, und ich wusste nicht genau, warum sie so schreit, ob es ihr gut geht. Mein Vater hat mich nicht beruhigt. Er ist wieder vor der Zeitung gesessen und ich konnte ihn nicht fragen, was mit der Mutter los ist. Es war ein Wunder, dass er mich noch nicht ins Bett geschickt hat, also wollte ich mich lieber nicht bemerkbar machen. Wie wir so dasitzen, steckt das grobe Weib ihren Kopf durch die Tür und ruft: Heißes Wasser! Der Vater hat kein einziges Mal von seiner Zeitung hochgeblickt. Hol Wasser, hat er gesagt.
Ich wusste nicht, wie viel Wasser gebraucht wurde, also hab ich einfach den Kübel genommen und weil's dunkel war, hab ich nicht gesehen, dass es der zum Saufüttern war. Ich hab das Wasser mühevoll in die Küche

geschleppt und der Vater hat mir eine gegeben, dass ich auf den Küchenboden gefallen bin. Das ganze Wasser war auf dem Boden verteilt. Mir haben die Wange und das Knie wehgetan. Ich war von oben bis unten nass, hab getropft und mir wurde kalt. Aber ich hab die Zähne zusammengebissen und nicht zu weinen angefangen, solange der Vater mit mir in der Küche war.
Wisch das weg, hat er gesagt und ist selbst Wasser holen gegangen. Ich hab gehört, wie er hinausgegangen ist, schlurfend und stolpernd. Er hat gestöhnt, wie er den Kübel hereingebracht hat und das Wasser ist hin und her geschwappt.

Lass uns nicht die ganze Zeit von damals sprechen. Heute ist die Welt auch nicht besser geworden, aber Wasser haben wir im Haus und die Frauen gehen ins Krankenhaus, wenn sie Kinder bekommen. Die Kinder müssen nicht mehr um ihre Mütter fürchten, wenn sie ein Geschwisterchen bekommen.

Jetzt müsste ich keine Angst mehr haben. Ich kenn die Welt und den Lauf der Dinge und kein Krieg kommt mehr, in den ich ziehen müsste.

Das Einzige, was mir noch droht, ist das Jüngste Gericht. Aber das droht uns eigentlich allen, mir halt früher, dir halt später.
Das Problem mit meinem Vater war ja nicht seine Unehrlichkeit. Das Problem war der Zeitpunkt.
Es gibt nie den richtigen Zeitpunkt zum Sterben, aber er hätte seinen Sohn mit ins Grab nehmen sollen oder das Sterben bleiben lassen müssen.

Natürlich hätte ich's auch anders sehen können, damals. Ich hätte mir denken können: Jetzt bekommst du nochmal einen Bruder.
Manchmal stelle ich mir meinen Vater beim Jüngsten Gericht vor. Wie er x-beinig vor Jesus steht. Die Hände hat er brav gefaltet, wie er es mir als Kind beigebracht hat, die Daumen ineinander verschränkt. Links neben dem Vater macht sich der Höllenschlund auf, die Flammen züngeln schon an seinen Füßen und rechts steht die Mutter Gottes in ihrem blauen Gewand, fromm und zart, mit roten Bäckchen und dem heiligen Schein. Jesus steht ihm gegenüber mit seinem Dornenkranz.
Ich würd einfach gern wissen, was er zu denen gesagt hat: Ich hab nie nach meinem ledigen Kind geschaut, das erledigen jetzt meine Kinder?

Nachdem er mir das mit dem Bruder erzählt hatte, bin ich in die Küche gegangen, um das Wasser zu holen, nach dem er verlangt hat.
Meine Mutter hat mir Most angeboten. Das war genau das, was ich gebraucht hab in dem Moment.
So, hat sie nach dem dritten Glas gesagt, jetzt wisst ihr's.
Ich weiß es, hab ich gesagt, die anderen nicht. Und warum ich, warum hat er mir das erzählt?
Weißt du, hat sie gesagt, viel Liebe war da nicht zwischen uns, aber gemocht haben wir uns schon. Ich hab den Hof geheiratet. Mit seinen Beinen wollten ihn nicht viele.
Jetzt stirbt er, hab ich gesagt und mir ist das Wasser wieder eingefallen, das er verlangt hat, aber ich bin sitzen geblieben und hab ausgetrunken.

Geliebt haben wir beide wen anderen, aber sympathisch waren wir uns schon immer. Ich war gut versorgt und er hat jemanden für den Hof gehabt.
Mein Vater hat nochmal nach dem Wasser gerufen. Ich bin sitzen geblieben.

Es war nicht falsch, dass er es erzählt hat oder dass er überhaupt ein lediges Kind gehabt hat. Wer weiß, wie es dazu gekommen ist, mit seinen Beinen. Aber falsch war einfach der Zeitpunkt. Wir hätten ja sonst noch unseren Bruder finden können und wenigstens anschauen hätt er den Vater noch können. Aber so haben wir ihn zuerst noch suchen müssen. Ledige Kinder hat es ein paar gegeben, die dafür in Frage gekommen sind. Die Mutter hat auch nicht gewusst, wer es hätt sein können. Wir haben den Bruder bis zum Begräbnis vom Vater nicht ausfindig machen können. Das alles hab ich schon geahnt, als er mir davon erzählt hat. Ich hab's einfach nicht übers Herz gebracht, so mit meinem Vater umzugehen, wie ich es eigentlich als Kind gebraucht hätte, verständnisvoll, zärtlich, wohlwollend. Nicht einmal in seinen letzten Stunden konnte ich meinem Vater seinen Wunsch nach Wasser erfüllen. Ich hab mir gedacht, wenn er es nicht geschafft hat, sich um die eigenen Kinder zu kümmern, wieso soll ich es jetzt tun?

Da sieht man wieder, am Anfang ist man von seinen Eltern abhängig und am Ende von seinen Kindern, und so gesehen macht es keinen Unterschied, wer unsere Eltern waren und wer unsere Kinder sind, das hätte genauso gut umgekehrt sein können.

Untergänge

In der Stadt sieht man es nicht, aber das Gras ist wieder so trocken diesen Frühling. So trocken war es schon lange nicht mehr. Wie der Reinhard geboren wurde, da war es auch so wie heuer.
Hier in der Stadt sieht man es nur an den Bäumen. Die Blätter sind kleiner. Vielleicht sind sie sogar etwas weniger grün wie sonst im Frühling.

Jetzt sitz ich hier im Kaffeehaus und warte auf meinen Rupert. Er wohnt schon lange in Deutschland. Vielleicht fünfzehn Jahre. Immer sagt er *bis denne,* wenn wir uns verabschieden. Das sagt man eigentlich nicht bei uns und außerdem weiß ich nie, wann dieses *bis denne* ist. Meistens sehen wir uns ja nur kurz und dann lange nicht. Er hat viel zu tun in der Arbeit. Manager heißt das, was er beruflich macht.
Letztes Mal haben wir uns auch hier getroffen. Schräg gegenüber ist die Oper, es ist ein schöner Platz. Wenn ich mich mit dem Rupert treff, ess ich immer eine Esterhazyschnitte. Das war so eine Tradition bei uns in der Familie. In Wien bei der »Aida« eine Esterhazyschnitte essen.
Ich bin nur wegen dem Rupert in die Stadt reingefahren. Wer weiß, wie oft wir uns noch sehen. Nicht nur, weil morgen die Welt untergehen soll. Irgend so ein Kalender endet nämlich morgen. Jetzt glauben manche Menschen, dass die Welt untergeht.

Ich kann nur sagen, dass ich schon viele Weltuntergänge miterlebt habe. Mit der Atombombe hat alles aufgehört. Oder alles angefangen. Ganz wie man es sieht. Ich glaube inzwischen, dass das immer so ist mit den Weltuntergängen. Ganz wie man es sieht.

Ich seh den Rupert nicht so oft. Alle paar Jahre ist er geschäftlich in Österreich, dann fahr ich nach Wien rein und wir kommen hierher. Und dann sehen wir uns wieder sehr lange nicht. Telefonieren nur zu Ostern, Pfingsten, Allerheiligen und Weihnachten, an meinem und seinem Geburtstag.
Die Margit seh ich fast jeden Tag. Sie wohnt ja auch gegenüber.

Wir haben zwei Kinder gehabt, genau genommen eigentlich drei, wenn man den Reinhard auch zählt. Was sag ich gehabt, haben wir immer noch, nur, dass die zwei keine Kinder mehr sind. Und wir sind auch nicht mehr wir, genau genommen. Jetzt bin nur noch ich. Eigentlich haben wir uns vorgenommen, gemeinsam zu sterben. Aber ich bin übrig geblieben.
Der Rupert ist auch übrig geblieben. Die Margit ist verheiratet, beim Rupert weiß ich nicht, ob er Pläne dafür hat. Er hat mir noch nie eine Frau vorgestellt.
Wahrscheinlich fühl ich mich deshalb so verbunden mit ihm, weil er der Älteste und auch alleine ist. Außerdem vermisst man immer das, was man nicht hat.
Zur Margit haben sie dieses Jahr wieder eine Wasserleitung von unserer Quelle hinübergelegt. Die Quelle von ihr versiegt nämlich immer, wenn es so trocken ist.

Damals, als der Reinhard gestorben ist, das war auch im Frühling. In dem Jahr hat es so wenig geregnet, dass das Gras blassgrün war. Dort, wo nichts gewachsen ist, hatte die Erde Risse, war aufgesprungen. Die Brennnesseln hinterm Haus sind nur halb so hoch gewesen wie sonst um die Jahreszeit. Und dann hat es den ganzen

Sommer geregnet. Wie es zu regnen begonnen hat, war es noch so trocken, dass die Erde den Regen gar nicht aufgenommen hat. Wir haben nicht mal mehr die Nachbarhäuser gesehen. Das war kein Regen, der da auf uns herabgestürzt ist, das waren Bäche. Die Wiese zwischen den Häusern ist zu einem See geworden. Die Mutti und ich sind gerade vom Krankenhaus zurückgekommen. Selbst im Haus war es noch so laut, dass wir uns anschreien haben müssen. Da hätte man wirklich denken können, dass die Welt jetzt ein Ende nimmt.
Für Kinder geht fast jeden Tag eine Welt unter. Oder sie tun so, als würde die Welt untergehen, wenn sie nicht gleich das bekommen, was sie haben wollen. Da begreifen sie plötzlich, dass die Eltern doch nicht alles können. Beim Rupert weiß ich das noch, wie der das richtig begriffen hat. Er wollte nämlich, dass ich ihm einen Flieger baue, mit dem er wirklich wegfliegen kann. Er ist mit Tränen in den Augen dagestanden und hat auf den Boden gestampft, wie ich ihm gesagt hab: Das kann ich nicht, ich kann keinen Flieger bauen, der fliegt. Du musst spielen, dass er fliegt.
Ich will aber, dass du das kannst, hat er gebrüllt und dann sind ihm die Tränen nur so hinuntergelaufen, so stark, dass sie von seinem Kinn getropft sind.
Jeden Tag ist etwas von Weltuntergängen in der Zeitung gestanden. So oft haben wir vom Weltuntergang gelesen oder einen miterlebt, dass ich aufgehört hab daran zu glauben. An den großen Weltuntergang mein ich, weil immer geht irgendwo eine Welt unter.

Deshalb hab ich auch noch mit niemanden gesprochen. Wegen meinem Untergang. Lange, haben mir die Ärzte gesagt, wird es nicht mehr gehen. Ich bin darüber nicht böse. Ich frag mich nur immer, ob der Rupert zum Begräbnis kommen wird und wie sie alle angezogen sein werden, der Rupert, die Margit, meine Enkelkinder. Ich denk schon, dass er kommt, er war ja auch bei der Mutti dabei. Es ist mir auch wichtig, dass sie weinen. Ich weiß, dass der Rupert nicht weinen wird. So was macht der nicht vor anderen. Nur hab ich meine Kinder schon so lange nicht mehr weinen sehen, dass ich mir wünsch, sie würden wenigstens auf meinem Begräbnis weinen. Nicht einmal bei der Mutti haben sie geweint.

Nachdem wir erfahren haben, dass der Reinhard nicht lebt, haben wir auch nicht geweint. Wir haben damals nach jeder Geburt den Mutterkuchen aufgehoben. Nachgeburt, glaub ich, heißt das in der Fachsprache. Dass wir drei davon haben, wissen die Kinder nicht. Das war unser Geheimnis. Jetzt ist es nur mehr meins, die Mutti hat's mit ins Grab genommen. Aber nach meinem Tod fällt das natürlich auf. Wenn sie unser Haus ausräumen, werden sie die Mutterkuchen finden, sie liegen ja noch alle in der Gefriertruhe, außer die vom Rupert, beschriftet mit den Namen: Reinhard, Rupert, Margit.

Den Rupert und die Margit kenn ich. Oder ich kannte sie. Wenigstens solange sie noch bei uns waren. Beim Frühstück am Sonntag haben wir uns oft erzählt, was wir geträumt haben. Die Mutti hat dann unsere Träume gedeutet. Wie der Rupert ins Gymnasium gekommen ist, hat er geträumt, dass die Margit gestorben ist. So was haben sie geträumt, wenn sie eine Entwicklung gemacht haben. Irgendwem, der wichtig war für sie, ist

dann etwas passiert. Der Mutti, mir, dem Bruder oder der Schwester. Die Mutti hat zu ihnen gesagt, dass dann etwas in uns aufhört, etwas in uns stirbt. Solche Träume haben den Kindern Angst gemacht. Sie hat immer die Antwort gehabt: Wo etwas stirbt, ist Platz für Neues.
Sie hat schon lange Platz für was Neues gemacht, aber ich hab nichts von dem Neuen mitbekommen.

Was hat denn angefangen, wie sie den Reinhard im Kübel weggetragen haben? Der Reinhard war noch so klein, dass er in einen Kübel gepasst hat.
Ob der Reinhard an Weltuntergänge geglaubt hätte? Die Hebamme hat ihn uns nur kurz gezeigt und der Arzt hat ihn gleich mitgenommen. Da hab ich nicht sehen können, ob er ein Kind wird, das an Weltuntergänge glaubt.
Aber von meinen anderen Kindern weiß ich das auch nicht. Ob der Rupert an so was glaubt? Was weiß ich schon von meinen Kindern. Ich weiß nicht einmal, ob sie in die Kirche gehen und ob ihnen das was bedeutet. Irgendwie lernt man seine Kinder immer nur als seine Kinder kennen. Sobald sie erwachsen sind, kennt man sie nicht mehr. Nur ihre Charakterzüge bleiben dieselben. Die Margit wird schnell wütend. Letztes Mal, als sie mich zum Kaffee eingeladen hat, ist ihr der Kuchen sitzen geblieben. Sie war so wütend, dass sie den Kuchen weggeworfen hat. Wenn sie so etwas macht, dann erkenn ich sie wieder, dann ist sie wieder wie das kleine Kind, das der Puppe die Bluse nicht zuknöpfen konnte und die Puppe samt der Bluse ins Eck gepfeffert hat.
Sonst weiß ich nicht viel von ihr und vom Rupert noch weniger, weil ich den nie im Alltag erlebe. Wir reden

nur übers Wetter oder über die Arbeit ein bisschen, wie es mir geht, über früher.

Mit dem Reinhard haben wir nicht einmal reden können. Wir haben ihn nicht gekannt. Wir haben nicht gewusst, wie er geworden wäre. Wir haben nicht einmal gewusst, wie er ausgesehen hat. Wir haben die Jahre gezählt, wie alt er jetzt wäre, und am Geburtstag haben wir eine Kerze aufgestellt.
Einmal, ich weiß nicht mehr, warum, hab ich die Kerze aus Wut weggeschmissen. Das war das Einzige, was wir vom Reinhard gehabt haben, seine Taufkerze. Nach diesem Tag haben auch die Mutti und ich nicht mehr über ihn gesprochen. Erst als der Margit das Kind gestorben ist, hat die Mutti geweint.

Es ist vielleicht nicht gerecht, mir zu wünschen, dass die Kinder beim Begräbnis weinen. Als meine Mutter gestorben ist, hab ich auch nicht geweint und damals war ich noch ein Kind.

Wenn der Rupert und ich uns heute verabschieden werden, dann geb ich ihm den Mutterkuchen mit. Wir haben ihn ja sein ganzes Leben aufgehoben. Die Mutti ist nicht mehr, deshalb sollen die Kinder damit machen, was sie wollen. Ich hab ihn auch gut eingepackt, in Zeitungspapier gewickelt und in ein Thermosackerl gelegt. *Bis denne*, wird Rupert sagen, das sagt er immer. Ich weiß gar nicht, wann dieses *bis denne* ist. Manchmal denk ich mir, dass der Rupert unser *Pfirdi* schon lange vergessen hat. Vielleicht sag ich ihm auch, was drinnen ist. Und ich werd *Pfirdi* sagen, weil *bis daun* nicht mehr passt.

Vogelfrei

Hinter ihr, da sitzt einer. Bei ihm haben die Vögel auch schon begonnen ihre Nester zu bauen. Sie nisten jetzt im Kopf. Sie haben die Zweige von den benachbarten Gebieten geholt. Die Bäume hier sind noch jung und saftig, die Äste nicht abzureißen, zu brechen. Jetzt kreisen die Vögel dort, wo sie nicht hingehören, schreien so laut, dass sie keine klaren Gedanken mehr fassen kann.

Das Kind, das sie einmal war, lief durch die Granatapfelhaine des Vaters. Es konnte sich auf den Boden legen und die Flugzeuge zählen, die über ihm hinwegflogen. In den Flugzeugen, die es zählte, saßen Menschen aus fremden Ländern. Es war laut dort, wo es aufwuchs. Und klein war es da noch, das Kind, das sie einmal war, dass ihr Kopf unter der Achsel des Vaters verschwinden konnte, wenn sie weinte. So klein, dass sie vor den giftigen Schlangen noch nicht zurückschreckte.

Jetzt hört sie, wenn der hinter ihr schreit, sie hat vergessen, ob jetzt schon wieder Tag oder immer noch Nacht ist. In die Wand ritzt sie mit dem Fingernagel die Tage, die sie zu zählen glaubt. Nach sechs senkrechten Strichen macht sie einen waagrechten darüber. Fünf von diesen Bündeln hat sie, das sechste ist angefangen.

Stundenlang saß der Vater am Tisch mit dem Kind und half ihm lesen lernen. Später rechneten sie das Volumen von Kugeln aus und sie sprachen darüber, wie Zeit und Raum zusammenpassen.
Kann ich nicht einmal wie die anderen Mädchen Prinzessin sein, fragte das Kind, als es in der Früh wieder in

eine Hose schlüpfte. Der Vater wollte, dass das Kind in eine gute Schule ging, genauso wie die Jungen. Dafür schnitt er dem Kind die Haare und kaufte ihm Hosen statt Kleidern mit Rüschen.
In den Ländern, aus denen die Touristen mit den Flugzeugen kommen, gibt es keine Unterschiede zwischen Mädchen und Jungen, sagte der Vater.

Die Vögel sind in ihrem Kopf gekreist. Krähen, Möwen und andere Singvögel. Sie hat sie kreischen lassen, ihnen zugesehen, wie sie den Fluss bevölkern. Bei Hochwasser suchen sie die Äste, die im Wasser liegen, setzen sich drauf und schauen herum, majestätisch, als wären sie Herren über das Gebiet. Dabei gibt es auch noch Haubentaucher und andere Fische.

Der hinter ihr schreit wieder. Hat sie auch manchmal so geschrien? Für dieses Vergessen gibt es sogar ein Wort, das hat sie in ihrem früheren Leben einmal gekannt. Dieses Leben gibt es noch immer, sie ist nur nicht mehr dort, wo die Tage noch Tage und die Nächte noch Nächte sind. Dort gibt es Menschen, die Krähen fischen und andere als Zielscheiben benutzen. Sogar die Menschen, die ihr das Essen hereinschieben, gehen jeden Tag dorthin zurück.
Dass es Menschen sind, die da ihr Essen hereinschieben, die da die Schreie erzeugen, weiß sie jetzt, sie hätte es nicht geglaubt, wenn man es ihr erzählt hätte.

Sie lässt das Wasser jeden Morgen steigen, lässt die Flut alle Gedanken vertreiben, dann ist sie wach im Kopf. Die ersten Vögel zwitschern zu dem Zeitpunkt schon, fliegen weit davon, in andere Gebiete. Verübeln kann sie es ihnen nicht, so stark, wie die Flut ist. In den anderen Gebieten wuchsen die Bäume auch, zuerst so klein, dass sie die Sprösslinge gar nicht sehen konnte.

Der Vater erzählte ihr einmal von diesen großen Hunden: Früher hat man Hunde gehalten, die Menschen gesucht haben. Um den Hals hat man ihnen ein Fass gebunden, voll mit Brot, Wasser und Medizin. Allein hat man die Hunde losgeschickt, um Verletzte zu finden. Die haben sich stärken können an dem Fass und auf den Hund legen können mithilfe eines Gürtels. So sind die Verletzten zu den Menschen zurückgebracht worden.

Dieses Dort gibt es noch immer. Dort nisten auch echte Vögel in echten Bäumen, dort scheint eine echte Sonne und man kann sein Gesicht ins kalte Wasser tauchen, wenn man geweint hat, nachher sieht es dann keiner. Sie weiß, was mit dem hinter ihr geschieht. Hin und wieder kommen sie. Ihr Gesicht kann man nicht erkennen, sie haben Strümpfe und Masken darüber gezogen. Sie haben Zangen, Schraubenzieher, Kübel mit Wasser und Messer dabei. Sie ziehen damit Fingernägel und Zehennägel, stoßen die Schraubenzieher durch die rote Haut ins Fleisch.

Eines Tages kamen die ersten Vögel dahin, wo sie noch richtig war im Kopf, sie hat sie mit Schreien und Klatschen vertreiben können, aber wenn sie schlief, kamen die Vögel dorthin, haben sich auf die jungen Bäume gesetzt und sie mit treuherzigen Augen angesehen, wenn sie aufgewacht ist. Jetzt lässt sie jeden Morgen auch dieses Gebiet fluten, damit es nicht noch mehr Bäume werden.

Still ist sie geworden, wenn sie nicht grad Vögel vertreibt. Dabei war sie dort manchmal richtig laut und gewehrt hat sie sich. Gerufen hat sie, im Chor mit anderen hat sie Forderungen gestellt, geschrien: Wir sind friedlich, was seid ihr!? Sie saßen ohne Waffen am Boden. Es wurde trotzdem auf sie geschossen.
Jetzt fliegen nur noch Vögel in ihrem Kopf. Die Flügelschläge kann sie die ganze Zeit über hören.
In diesem Raum, in den man sie gebracht hat, hat sie einen kleinen Stein gefunden in einer Ecke, spitz ist er. An der Wand schleift sie ihn zum Messer.
Sie hat sich lange schon ergeben. So lauert sie an der Tür und sobald der Teller reingeschoben wird, ist sie blitzschnell und fest hält sie die Hand des anderen, die Hand wehrt sich kaum. Sag mir nur, was haben wir heute, Tag oder Nacht, spät oder früh im Jahr? Wo legen die Vögel ihre Eier und welche ihrer Küken sind schon geschlüpft? Oder sag mir nur, wie viele Menschen leben noch in unserem Land?
Jetzt versucht die Hand sich zu befreien. Schüttelt sich, links, rechts, nach oben und unten. Der Mund hinter der Tür, der droht etwas, und vor lauter Schreck über eine Frauenstimme entwischt ihr die Hand. Es war eine Frauenhand, so zart und klein, und das beruhigt sie, sie weiß selbst nicht mehr, warum sie hier drinnen Angst vor den Männern hat. Manchmal erzählen ihr die Vögel davon. Dann lässt sie das Wasser bis fast unter die Himmelsdecke steigen.

In den Wäldern des Kindes standen Bäume, auf die es klettern konnte. Manche hatten kleine Stacheln. Sie bohrten sich in die Hand des Kindes, wenn es klettern wollte. Auf den Plantagen gab es die Arbeiter. Sie besprühten die Orangenblüten und pflückten die reifen Früchte. Das Kind lief vor ihnen davon. Es spielte mit ihnen Verstecken und Fangen. Die Stacheln rissen die Haut an den nackten Beinen auf. Der Vater pfiff, wenn er nicht wusste, wo das Kind schon wieder steckte. Wenn es zu ihm gelaufen kam, nahm er es in die Arme: *Alles gut?*

Dem Mädchen mit den kurzen Haaren wuchsen die Brüste und die Hüfte wurde breiter. Der Vater nahm sie aus der Schule und unterrichtete sie zu Hause. Er legte Bücher über Atome, Anatomie und Radioaktivität auf den Tisch. Ihre Gedanken brachte er auf Virginia Woolf, Roland Barth und Sigmund Freud. Ein ganzes Jahr sprach er Englisch mit ihr, damit sie es lernte. Die Sprache kannte er von dort, wo er studiert hatte, weit weg von zu Hause. Mit dem Flugzeug war er dorthin geflogen, durch kalte und nasse Straßen gegangen, winterlang hatte er keine Sonne gesehen. Trotzdem war die Zeit dort eine bessere gewesen.

Mit dem Zeigefinger fährt sie über die Wand, in die sie die Tage geritzt hat. Sie hat auch ihren Namen in die Wand geritzt. Sie sucht die Wände ab, ob es noch mehr Namen und Tagestabellen gibt. Bisher hat sie noch keine gefunden. Mit dem Messer könnte sie Vögel jagen oder Botschaften in ihre Unterarme zeichnen.

Lange diskutierten der Vater und die junge Frau, die das Kind jetzt geworden war, darüber, ob sie als Mann oder als Frau zur Prüfung gehen sollte. Sie wollte an die Universität gehen. Sie hatte genug gelernt, über den Tisch gebeugt und die Augen des Vaters im Nacken, seine Stimme, die bei jedem Fehler, den sie machte, leiser wurde. Am Ende zog sie ein Kleid an und ging ohne den Vater hinaus. Ich schicke dir Hunde, rief er ihr nach.

Jetzt zählt sie die Schritte der Wächterinnen und sieht sich die Hände genau an. Wenn wieder ihre Wächterin kommt, dann schnappt sie zu, auch das hält sie richtig im Kopf, nicht nur der Fluss. Und ihre Handwächterin, fünf Schritte braucht sie von einer Zelle zur nächsten, wo andere Wächterinnen nur drei brauchen, ihre Schritte sind ruhiger und leiser, sagt ihr manchmal, welchen Tag sie heute haben.

Die Frauen an der Universität, an der sie studierte, gingen mit den Männern auf die Straße. Sie zeigten sich, sie hielten sich an den Händen, schauten sich in die Augen. An warmen Abenden saß sie mit ihren Freunden auf den Dächern über der Stadt, sie drehten sich Zigaretten und hörten die Geräusche von unten. Autos, die vorbeifuhren, Fahrräder, Stimmen aus Wohnungen und Flugzeuge über ihren Köpfen. Unter dem Sternenhimmel roch es nach Wärme, jungen Körpern, Parfum, Zigaretten, nach Freiheit, die es da unten auf den Straßen nicht gab. An jeder Straßenecke stand jemand, der alle Gespräche hörte und belauschte.
In den Zeitungen wurde nicht ihre Welt geschildert. Dort stand nichts vom Hochwasser, das dem Vater

die Ernte vernichtet hatte, und dem Hunger, der die Menschen in die Stadt trieb. Dort oben berührte sie das erste Mal mit dem kleinen Finger die Hand eines Freundes, der wusste, dass sie eine Frau war.

An der Universität sollten sie das Denken lernen, Zusammenhänge begreifen und Schlüsse daraus ziehen. Daraus ergab sich ein Bild von ihrem Land, das nur zwei Möglichkeiten offen ließ: gehen oder bleiben und etwas ändern. So kamen sie mit ihren Professoren ins erste Wortgefecht. Die Professoren warnten die jungen Leute. Sie protestierten trotzdem.
In der Masse fühlte sie sich sicher. Während sich die Freundinnen die Haare kurz schnitten, wurden ihre Haare immer länger und länger. So gingen sie stolz am Militär vorbei.

Inzwischen lässt die Wächterin ihre Hand ein paar Sekunden länger in der kleinen Öffnung. Hinter ihr hat der andere aufgehört zu schreien. Ob das ein gutes Zeichen ist, will sie wissen, von ihrer Handwächterin möchte sie das hören. Darauf erhält sie keine Antwort, aber welcher Tag ist, weiß sie jetzt immer.
Einmal liegt sogar ein Zettel in der Hand ihrer Wächterin, den kann sie zwar nicht lesen, weil die Schrift jedes Mal verschwimmt. Und dann schafft sie es doch. Es sind gute Nachrichten und auf dem Papier ist sogar ein wenig Platz, um etwas zu schreiben, eine Antwort vielleicht.

Wenn sie in den Ferien nach Hause kam, saß der Vater an dem langen Tisch, wo sie früher gelernt hatten.

Seine Haine wurden bewirtschaftet, das bisschen Geld, das ihm blieb, wenn alle Arbeiter bezahlt und alle Maschinen repariert waren, floss in ihre Ausbildung. Er schüttelte den Kopf, wenn sie ihn besuchen kam, seine Stimme war noch leiser geworden als damals, wenn sie Fehler beim Rechnen gemacht hatte. Seinen Kopf stützte er auf die Fäuste und er betrachtete sie: ihre langen Haare, ihre Kleidung.
Das, was ihr tut, ist gefährlich, sagte er zu ihr.
Du wirst mir Hunde schicken, lachte sie.

Mit den Fingernägeln hat sie das Datum in die Wand geritzt, an dem die Wächterin ihr es zum ersten Mal sagte. Jetzt will sie wieder ein Gefühl für die Tage bekommen. Ein Möwenküken hat sie dazu gemalt und ihren Namen tiefer eingeritzt. Sie muss ihn sich merken, vergessen kann sie, wenn sie wieder dort ist, und den Namen der Wächterin möchte sie wissen. Wer weiß, was diese Frage kosten würde. Das Möwenküken streichelt sie vor dem Einschlafen, wenn sie glaubt, dass es Abend sein könnte.

Sie bittet um einen Stift und noch ein Stück Papier, mit dem Versprechen, nicht mehr mit der Wächterin zu sprechen. Sie schreibt an ihren Vater:
Ich kann mich nur mehr schwer erinnern, wie es war, jeden Tag neben dir zu sitzen in der Sonne, über die Welt zu reden und dabei Pistazien zu knacken. Seitdem bin ich wie ein Vogel, dem die Flügel gerissen sind. Welcher Hund kann mich noch retten?

Wenn sie protestierten, setzten sie sich auf den Boden. Sie hörten Schüsse. Sie blieb trotzdem bei ihren Freunden sitzen. Die Schüsse kamen näher, manchmal hörten sie auf. Einmal wurden die Schüsse aber immer lauter und lauter. Ihre Freundin Tara wurde getroffen. Tara lag auf dem Boden, starrte in den Himmel, als suche auch sie eines dieser Flugzeuge.
Erst da sprang sie auf. Sie lief davon, aber da waren sie schon hinter ihr.
Sie wurde in einen Keller gebracht. Dort war es kalt und zuerst dunkel. Menschen ohne Gesichter kamen und schlugen sie, rissen ihr die Nägel aus, hielten ihren Kopf unter Wasser, stundenlang stand sie im grellen Licht. Nur an den Stimmen erkannte sie die Menschen hinter den Masken.
Eines Tages wurden ihr die Augen verbunden, sie wurde wieder in einen Transporter gesetzt und man brachte sie auf einen großen Parkplatz. Dort stand der Vater und wartete auf sie, das Gesicht zerfurcht von Sorge, seine Haare schon grau und weiß. Seine besten Felder hatte er verkauft, um sie aus dem Keller zu holen.

Jetzt regnet es für die da oben, steht auf einem Zettel, der unter ihrem Brot liegt, obwohl sie nicht um Wörter gebeten hat, und kommt es ihr nur so vor oder sind die Stimmen am Gang anders geworden? Und die Schreie weniger, ruhiger? Wird es einen Tag geben, an dem sie einfach die Tür aufmachen und sagen werden: Sie können gehen!
Und wie wird sie nur um ihre Wächterin flehen können, die sie vor den Vögeln bewahrt hat?

Als ihre Fingernägel nachgewachsen und die Wunden verheilt waren, ging sie wieder auf die Straße. Dort traf sie ihre Freunde, sie setzten sich wieder auf die Dächer über der Stadt, aber die Gespräche blieben aus, die Stadt verstummte, sobald die Sonne unterging. Es roch nach Zigaretten und eitrigen Wunden.
Sie wehrte sich nicht mehr, als in der Nacht die Tür aufgebrochen wurde und man ihr wieder die Augen verband.

In ihrem Kopf sind keine neuen Vögel geschlüpft. Da ist ein Schakal gekommen, eine Hyäne, eine Schlange. Sie haben die Eier samt Vögeln gegessen. Jetzt stehen die Bäume einsam da und die Tiere sind weitergezogen in bewohntere Gebiete. Vielleicht muss sie die Schlange noch vertreiben, sie ist gierig geworden. Am Ende bleibt ihr sonst gar kein Vogel mehr und das Messer ist jetzt spitz genug.

Der Vater sah sein Kind wortlos an, als er es auf dem Parkplatz wiedersah, die Augen geschwollen, die Hände gebrochen und die Beine zerkratzt. Er stützte sie und setzte sie in sein Auto. Dort lagen Granatäpfel, Pistazien, Bananen, Eintöpfe und Fleisch für sie bereit. Geh nicht in die Stadt zurück, sagte der Vater.
Aber seine Achsel war zu klein geworden, um den Kopf darin in den Sand zu stecken.

Goldene
Zeiten

Liebe Mutter,
wir haben begonnen, die Zeit in Marmeladen und Honig zu zählen. Wir haben noch zwanzig Marillenwochen und sechzehn Erdbeer-, zwei Dirndl- und achtzig Honigwochen. Liebe Mutter, du fehlst uns hier sehr.
Weißt du noch, als der Großvater den Vater schlug, wir waren schon auf der Welt und erstaunt über die Heftigkeit, mit der Großvaters Hand auf die Wange des Vaters prallte. Noch später konnten wir den Abdruck sehen. Vater ist wiedergekommen, als Großvater nach ihm rief, wie er es immer tat, wenn er uns suchte. Kannst du dich noch an den Grund dieser Watschen erinnern?

Liebe Mutter,
wir haben versucht, noch einmal Marmelade zu kochen, als der Großvater auf dem Sterbebett lag, wir haben das Haus mit dem Duft nach Zucker und Frucht gefüllt. Es ist uns zuerst nicht gelungen. Kein Wort hat er darüber verloren, dass er die Gerüche in der Nase hatte, die er das ganze Leben lang kannte, obwohl das Obst schon lange nicht mehr wächst auf unseren Wiesen.

Liebe Mutter,
seit Großvater tot ist, geht das Marmeladeessen etwas langsamer und der Vater gebückter. Als hätte es ihm das Herz gebrochen, dass nun der zweite Mensch, der ihm in seinem Leben etwas bedeutet hat, wenn auch nichts Gutes, gestorben ist. Wir haben versucht, mit ihm zu reden, aber er hat angefangen, nach den Kindern zu rufen, wie er es jetzt immer tut, wenn wir sie nicht finden.

Liebe Mutter,
für ein Glas Marillenmarmelade brauchen wir eine Woche. Erdbeere ist weniger lang haltbar, aber man kommt auch ein paar Tage ohne Erdbeere aus. Erst wenn eine neue Woche anfängt, öffnen wir wieder ein Erdbeerglas. Auf die Dirndlmarmelade hast du eine Jahreszahl geschrieben, die wir schon gar nicht mehr lesen können, so verschnörkelt steht sie da. Den Honig, liebe Mutter, haben wir noch nicht angerührt.

Liebe Mutter,
nicht, dass du denkst, wir wären traurig hier unten. Natürlich fehlt uns ein Mensch im Haus, wir decken noch immer für sieben Personen, wie wir es früher für acht gemacht haben, nachdem du gegangen bist. Erst beim Hinsetzen und Beten fällt uns auf, dass wir einen Teller zu viel gedeckt haben und nach dem Gebet stellen wir ihn wieder zurück in den Kasten, leise, als wollten wir den Großvater nicht wecken, der immer drüben in der Stube gelegen ist.
Sonst ist alles wie immer.

Liebe Mutter,
der Vater hat von dir gesprochen. Von deinen Haaren hat er erzählt und von deinen Beinen und wie sie ihm gefallen haben, wenn er einen Blick darauf werfen konnte. Auch als ihr schon lange verheiratet wart.
Wir haben gestern die Rahmen aus dem Bienenstock geholt und nach einer überlebenden Biene gesucht, aber wieder keine gefunden. Wir erinnern uns noch, wie Vater die Bienen ausräucherte, sie betäubte, bevor wir die Rahmen mit den vollen Waben zur Schleuder

brachten. Und wie du dort gestanden bist, Türen und Fenster geschlossen, damit keine Biene kommt und dich sticht. Wie du angefangen hast zu kurbeln, immer schneller wurden deine Bewegungen, wie du uns gewarnt hast, in die Schleuder zu greifen. Nur schauen! Aus der Schleuder ist der Honig über ein Sieb in einen großen Edelstahlkübel geflossen. Golden.

Liebe Mutter,
uns bleiben noch fünfzehn Marillenwochen, zehn Erdbeerwochen und immer noch zwei Dirndl- und neunundsiebzig Honiggläser. Eines haben wir über Ostern gegessen. Wir kochen jetzt seltener und unser Gebet vor dem Essen ist unrhythmischer geworden, als fehlten die Stimmen, die den Rhythmus angegeben haben. Und das tun sie ja auch, nur wir wollen es uns nicht bewusst machen und versuchen weiter im Rhythmus zu bleiben.

Liebe Mutter,
gestern Abend haben wir an eine Zeit gedacht, in der es ins unserer Gegend noch Bienen gab und Vater noch Imker war. Da wurden den Königinnen Farbplättchen auf den Rücken geklebt. An den Farben erkannten wir das Alter der Königin. War sie zu alt, trennte der Vater ihr mit dem Fingernagel den Kopf ab. Mich haben diese Farbplättchen immer an die Nummer des Großvaters erinnert, die er auf dem Arm hatte, sein Leben lang.

Liebe Mutter,
einmal, du kannst dich sicher noch erinnern, kam der Bruder mit einer Glatze nach Hause und der Großvater

zog ihn an den Ohren. Denkst du, hat er zu ihm gesagt, denkst du wohin? Tagelang hat er nicht mehr mit ihm gesprochen oder sich an den Tisch gesetzt, wenn der Bruder dabei war. Der Vater hat den Bruder auch geschlagen und gesagt, dass er so etwas in seinem Haus nicht dulden wird. Am Abend, das Gesicht noch blau von den Prügeln, ist der Bruder mit dem Großvater vor der Tür gesessen. Ich hab nicht viel gehört, nur, dass der Großvater gesagt hat: Das hätte so nicht geschehen sollen.
Als Kind schon kam mir der Großvater so anders vor. Ein bisschen so wie die Bienenlarve, die zur Königin gefüttert wird. Niemand sonst in der Familie hatte ein Tattoo oder ist so ruhig, gierig und bedrohlich beim Essen gesessen.

Liebe Mutter,
seit Tagen regnet es und wir wären froh gewesen, früher, nach so einem trockenen Winter endlich wieder Regen zu haben. Die Wiesen tragen schon länger keine Früchte mehr und, so sparsam wir auch sind, die Erdbeermarmelade geht ihrem Ende zu. Die Marillenbäume blühen wieder wunderschön, aber vergeblich.

Liebe Mutter,
die Tante ist gekommen und einmal hatten wir nicht zu viele Teller auf dem Tisch. Wir haben Brennnesselsuppe gemacht, die Kinder haben sie gepflückt. Die Eier haben wir pochiert, sie waren ganz frisch. Die Henne versucht wieder, unter der Rose am Küchenfenster zu brüten.

Die Tante wusste nichts Neues zu erzählen und so sind wir lange schweigend am Tisch gesessen, jeder in seinen Teller vertieft. Dann ist ihr doch noch etwas eingefallen. Zuerst haben wir über die toten Bienen, dann über die vergeblichen Blüten und schließlich über den toten Großvater gesprochen. Auf dich sind wir nicht mehr gekommen, sie musste schon wieder gehen.
Bevor sie abgefahren ist und wir ihr nachgewunken haben, bis ihr Auto in der Kurve verschwunden ist, haben wir ihr Marmelade und Honig mitgegeben, zwei Dirndl, zwei Marillen und fünf Gläser Honig.
Sie konnte sich auch nicht erinnern, warum der Großvater den Vater geschlagen hat, als wir schon auf der Welt waren und der Vater ein erwachsener Mann. Den Vater wollten wir nicht fragen. In letzter Zeit steht er oft wortlos auf und geht hinaus, wenn man ihm eine Frage stellt.

Liebe Mutter,
die Kleine wurde gestern von einer Wespe gestochen. Wir hatten Angst, dass sie allergisch reagieren könnte, es liegt ja in der Familie. Sie hat sich aber schnell wieder beruhigt und jetzt sieht man nur noch einen roten, geschwollenen Fleck auf der weißen Haut. Wir haben das letzte Glas Erdbeermarmelade geöffnet. Es bleiben nur noch zehn Marillenmarmeladen und fünfundfünfzig Gläser Honig. Ein paar Gläser haben wir verkauft.

Liebe Mutter,
erst jetzt erinnere ich mich, dass wir dich nicht wie alle anderen verabschiedet haben. Niemand ist vor dem

Haus gestanden und hat gewunken, bis du hinter der Kurve beim Nachbarhaus verschwunden bist. Auch den Großvater haben wir nicht so verabschiedet. Dabei verabschieden wir alle so, die zu uns kommen. Sogar dem Mann, der die Schleuder abgeholt hat, haben wir gewunken. Vielleicht hat der Vater das auch mehr für die Schleuder als für den Mann gemacht. Der Mann hat außer der Schleuder auch noch die anderen Sachen mitgenommen, die man als Imker braucht: die Imkerpfeife, die Bürste, die Gabel zum Entdeckeln, den Edelstahlkübel. Wir haben vergessen zu fragen, was er damit machen wird.

Liebe Mutter,
auf dem Dachboden habe ich Kohlezeichnungen gefunden. Wir haben nicht gewusst, wer sie gezeichnet hat, und die Farbe war so schwarz, als wäre sie noch frisch. Der Vater war auch dabei, als wir sie bestaunt haben. Immer leiser ist er geworden in den letzten Wochen, aber dieses Mal hat er richtiges Interesse gezeigt. Sie könnten von Großvater sein, meinte er. Ich werde dir eine davon mitschicken. Wer könnte in unserer Familie gezeichnet haben?

Liebe Mutter,
die Zeichnungen sind Bilder von Menschen, die den Roggen dreschen. Der Vater kann sich noch verschwommen an diese Geräusche erinnern, wenn er die Bilder sieht. Meistens sind die Menschen beim gemeinsamen Dreschen auf einen Rhythmus gekommen, hat er gesagt. Aus der Ferne hat man das gehört, ein typisches Spätsommergeräusch. Wenn das Getreide gedroschen

wurde, war das Grün der Bäume schon müde und auf den Feldern standen die spitzen Strohstoppeln, an denen wir uns als Kinder die Füße wund gelaufen haben. Kannst du dich auch daran erinnern?
Wir wüssten gar nicht mehr, wie man den Roggen anbaut, wie man ihn drischt und siebt.

Liebe Mutter,
jetzt erinnern wir uns auch wieder, wie viel Arbeit die Bienen gemacht haben. Wenn es Faulbrut gab, durften wir eine Grube im Garten graben. Dann ging der Vater zum Bienenstock und spritzte Gift hinein, der die Zofen und die anderen Bienen tötete. Wir nahmen die Zargen samt Waben und Brut heraus, während der Vater den Bienenstock auskehrte. Wir warfen alles in die Grube und zündeten alles an. Was geschieht mit den Bienen, die draußen sind und Nektar sammeln, wollten wir wissen. Und weißt du, was der Vater gesagt hat? Wenn sie sich nicht in einen anderen Bienenstock einbetteln können, werden sie verhungern.

Liebe Mutter,
jetzt haben wir mit diesen Zeichnungen wieder einen Draht zum Vater gefunden. Wir sitzen abendelang über den Zeichnungen gebeugt und sprechen von früher. Der Vater ist zwar immer noch still, aber manchmal sieht er etwas, das ihn zum Reden bringt. Auf einer sieht man eine alte Frau, die von Weidenästen umgeben ist. Auf ihrem Schoß liegen ein paar Zweige, rund geflochten. Ihr Kopftuch ist ihr weit in die Stirn gerutscht und alt sieht sie aus, sehr alt. Der Vater weiß nicht, ob es seine Grußmutter sein könnte, aber an viel

kann er sich jetzt wieder erinnern. Er hat uns auch die Weiden gezeigt, die wahrscheinlich schon sein Großvater genutzt hat, um daraus Körbe zu flechten.

Liebe Mutter,
wir haben immer gedacht, dass es nie so weit kommen wird, aber gestern haben wir den Vater aufgehängt im Bienenhaus gefunden. Ein Brief ist neben ihm gelegen, wir werden ihn dir schicken.

Liebe Mutter,
weißt du noch, als wir einmal im See schwimmen waren und eine Biene im Wasser fanden, strampelnd um ihr Leben. Wir waren weit hinausgeschwommen und da trieb sie, allein mitten im Wasser. Der Vater setzte sie sich auf den Zeigefinger, hielt eine Hand beim Schwimmen über das Wasser, und so sind wir mit ihr bis ans Ufer zurückgeschwommen. Der Vater hat sie zum Trocknen auf einen Stein gelegt. Sie hat immer wieder Flugversuche unternommen, aber ihre Flügel waren noch zu nass. Als sie trocken war, ist sie weggeflogen. Ob sie den Weg zurückfindet, haben wir uns gefragt. Ob sie wieder über den ganzen See fliegen muss, um nach Hause zu kommen?

Liebe Mutter,
wir haben noch sieben Marillenmarmeladen und fünfzig Gläser Honig. Wir haben sie in der Speis in die hinterste Reihe gestellt, damit wir sie nicht immer sehen und essen wollen. Vor dem Zubettgehen haben wir in der letzten Woche immer ein Glas Honigmilch getrunken, so wie der Großvater und der Vater

das immer gemacht haben, wenn sie nicht schlafen konnten.

Liebe Mutter,
Vater hat mit uns in den letzten Tagen die Zeichnungen angeschaut, aber er ist trotzdem immer stiller geworden. Heute haben wir auf dem Dachboden Körbe gefunden. Bienenkörbe und Körbe, die unten spitz zusammenlaufen. Wir wissen nicht mehr, wofür man sie verwendet hat. Man kann sie mit Lederriemen über die Schultern hängen. Was hat man damit transportiert? In den Dachlücken hat sich die Sonne verfangen, als wir dort oben waren. Durch den Staub ist das Licht zu Streifen geworden und es hat nach dem letzten Stroh gerochen, das der Großvater geschnitten und zu Bündeln gewickelt hat.

Liebe Mutter,
wir haben vergessen, wie es ist, wenn das Gras zum Trocknen ausgebreitet und auf den Hüfeln aufgehängt wird, wie man überhaupt Hüfeln baut. Wir haben vergessen, wie viele Samen wir aufheben müssten, um im nächsten Sommer genug ernten zu können. Du hast immer gesagt, was man hat, hat man, aber wir haben alles vergessen. Nicht, dass du jetzt denkst, dass es uns schlecht geht, es geht uns gut, nur, dass wir so vieles nicht mehr wissen, jetzt, wo der Großvater und der Vater tot sind.

Liebe Mutter,
wir werden ab heute keine Marmelade mehr essen. Noch wissen wir nicht, welche Zeiten noch kommen

werden, in denen wir sie eher brauchen. Wir haben noch drei Marillenmarmeladen und dreiundvierzig Gläser Honig. Seit der Vater tot ist, wollen wir sie nicht anrühren und auch verkaufen möchten wir den Honig nicht mehr. Die Gläser stehen in der Speis und mit den Jahren soll sich eine dicke Staubschicht darauf bilden. Bis man nicht mehr erkennt, was darunter ist. Der Honig wird hart werden und vielleicht findet ihn jemand, irgendwann. Vielleicht weiß dann niemand mehr, was das ist: eine harte Masse, die süß schmeckt.

Liebe Mutter,
wir glauben jetzt, dass der Großvater die Zeichnungen gemacht hat, dafür hat er ja immer ein Auge gehabt. Wir fragen uns aber, warum er sie uns nicht schon früher gezeigt hat. Er hätte uns noch erklären können, was die Leute auf den Bildern machen. Er hätte noch die Geräusche nachmachen können, die er mit seinem Leben verbunden hat.
Auf einer Zeichnung sind sogar Bienenkörbe zu sehen. Oval und mit einem winzigen Loch in der unteren Hälfte, aus denen die Bienen ein- und ausfliegen können. Die Bienenkörbe stehen auf niedrigen Bänken vor einem kleinen Haus, das wir nicht erkennen. Wir haben jetzt beides, die Zeichnungen mit den Bienenkörben und den echten Bienenkorb am Dachboden. Er riecht sogar nach Bienenwachs, wenn man die Nase in das große Loch unten steckt, aus dem man wahrscheinlich die Waben genommen hat. Im Bienenkorb sind auch Fäden für die Waben gespannt. Stimmt das, Mutter?

Liebe Mutter,
jetzt erinnere ich mich wieder an die Nummer auf dem Arm des Großvaters.

Liebe Mutter,
wir haben dem Vater gewunken, bis der schwarze Leichenwagen hinter der Kurve verschwunden ist. Wir haben Honig und Marmelade in den Sarg gegeben und die Zeichnungen. Erst auf dem Weg nach Hause ist mir eingefallen: Wenigstens die Bienenkorbzeichnung hätten wir behalten sollen.

Dank

Mein Dank gilt vielen Menschen, die zur Entstehung dieses Erzählbands beigetragen haben, hier sind nur einige namentlich genannt: Meine Lektorin Tanja Raich, meine Familie, Dagmar Leupold, Peter Holland, Jan Snela, Moritz Schildge, Sara Hauser, Florian Neuner, Jessica Sabasch, Gustav und Karin Ernst, Karl Müller, Johann Gebetsberger und die]trash[pool-Redaktion.

Ich danke auch den vielen anderen für Gespräche, Unterstützung und Förderung.